초연결시대
타자와 이질성

KB074084

이 저서는 2019년 대한민국 교육부와 한국연구재단의 지원을 받아 수행된 연구임
(NRF-2019S1A5C2A02082760)

초연결시대
치유인문학
공동저서 ❶

초연결시대
타자와 이질성

김예리
유강하
이경란
이민용
정주아
홍단비

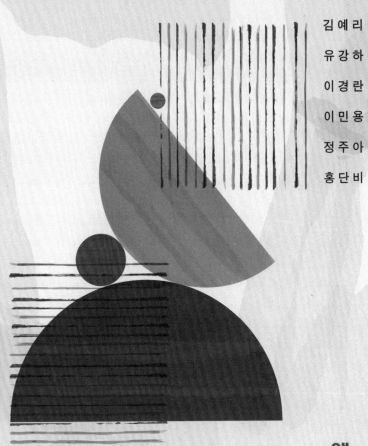

앨피

머리말

우리 인간은 탯줄로 엄마와 연결되어 생명을 시작한 이래 많은 타자他者와의 연결 속에서 살아간다. 그리고 이것은 최근 수많은 매체와 인터넷, SNS, AI 등을 통해 그야말로 하이퍼 연결hyperconnectedness, 슈퍼 연결superconnectedness의 정도에 이르렀다. 그래서 이 시대 21세기의 특징으로 '초연결성hyperconnectivity'을 꼽기도 한다. 그런데 이런 초연결시대에 개체들은 그와 구분되는 다른 존재들인 타자와 연결되고 이런 연결은 필연적으로 이질적인 것과의 관계를 피할 수 없다. 이런 점에서 초연결시대에 타자와 이질성은 중요한 의미를 지닌다. 현대에는 전통적인 사회와 비교하여 질적으로 다른 양태로 수많은 타자가 연결되고 수많은 이질성이 연결되어 있다.

이 책은 초연결시대, 타자와 이질성에 초점을 두고 이 시대의 사회와 문화를 문학과 영화, 서사학의 관점에서 접근하였다. 문학과 영화는 언어와 영상을 사용하여 형상적인 방법으로 현실을 반영하고 모델링하며 시뮬레이션한다. 이를 통해 우리는 문학과 영화 및 서사학을 통해서도 초연결시대·타자·이질성의 사회와 문화에 대해 느끼고 생각하며 상상함으로써 이 시대의 특징과 문제 등을 새로운 시각으로 깊이 있게 이해할 수 있게 된다.

이 책은 총 6편의 글이 1부와 2부로 구성되어 있다. 제1부에서는 타자의 이질성과 공존의 문제를 임화, 주요섭, 김주영의 한국 문학 활동을 통해 조명하고, 제2부에서는 이를 바탕으로 초연결 시대의 특성에 대해 인문학적인 탐색을 이어 간다. 이 책에 수록된 6편의 글을 핵심적으로 정리하면 다음과 같다.

◆ ◆ ◆

제1부 '초연결시대의 문학, 그 이질성과 공존의 양상들'의 첫 번째 글 〈임화의 '낭만적 정신'과 '타자의 공동체'에 대한 문학적 탐색〉은 임화의 '낭만적 정신'이 타자성이라는 새로운 문학적 공간을 발견하고 있다는 점, 그의 '낭만적 정신'이 20년대 동인지《백조》의 낭만성에 근원을 두고 있다는 점, 그리고 이 낭만성의 근원은 독일 초기 낭만주의의 예술적 사유과 관련이 있다는 점을 논의하고 있다. 임화의 '낭만적 정신'은 정신과 물질적 신체를 매개하는 역동적인 힘이라고 할 수 있다. 임화의 이러한 문학적 사유는 카프의 집단성과는 다른 형상의 공동체를 사유할 수 있는 가능성을 열어 준다. 이 문학적 공동체는 민족이나 계급처럼 주체성이 세워질 때 경험되는 집단성이 아니라 주체가 와해될 때, 다시 말해 탈존함으로써 죽음을 경험할 때 드러나는 공동체이며, 그런 의미에서 '타자의 공동체'라고 할 수 있다.

두 번째, 〈국제 노동시장의 경험과 민족주의자의 딜레마: 주요섭의 장편소설 읽기〉는 〈사랑방 손님과 어머니〉로 잘 알려진 작가 주요섭의 해외 배경 장편소설들을 분석한 글이다. 주요섭은 3·1 운동 직후 중국 상하이로 건너가 임시정부에 합류한다. 이후 그는 1920~1940년 사이에 상하이를 비롯하여 베이징, 미국 캘리포니아 등에서 약 16년간 해외에 체류한 바 있고 이 경험을 토대로 장편소설을 썼다. 국제 노동시장으로서 캘리포니아와 상하이는 당시 민족 및 인종의 전시장이라 불릴 정도로 다양한 이질적 구성원들이 모여 있는 곳이었다. 서로 다른 언어와 문화에도 불구하고 결국은 자본가와 노동자로 귀결되는 냉혹한 노동시장의 질서를 보면서, 청년 민족주의자가 겪게 되는 민족과 계급 사이의 갈등을 주목하여 다루었다.

제1부 세 번째 글 〈김주영 소설에 나타난 이질적 타자로서의 여성과 (탈)근대성: 1970년대 소설을 중심으로〉는 '동일성'으로서의 근대성에서 벗어나 이질적인 근대성, 즉 '차이'로서의 근대성에 주목하여 1970년대 김주영 소설을 다시 읽음으로써 김주영 문학의 위상을 재정립하고, 거기에 내재하는 새로운 가능성을 탐색하였다. 이를 위해 이 글에서는 김주영의 소설에 등장하는 이질적 타자로서의 여성에 주목하였다.

민중, 민족, 민주, 자본, 이성 등의 근대적 인식 틀을 벗어나 '이질성', '타자성'으로서의 여성에 초점을 맞추어 김주영의 소설을 다시 사유할 경우, 김주영의 소설은 실패, 연민, 현실도피의 차원을 넘어, 부정의 생명력을 지닌 해방과 무위의 서사임을 확인할 수 있다. 나아가 김주영의 글쓰기에 내재되어 있는 '어머니'에 대한 억압된 무의식을 발견할 수 있으며, '타자들의 목소리에 귀 기울이기'라는 김주영 문학의 가치를 확인할 수 있다.

◆ ◆ ◆

제2부 '초연결시대의 특징에 대한 인문학적 탐색'에서는 서사학과 영화, 소설을 통해 초연결시대의 특징을 탐색하고 있다. 첫째 글 〈서사학과 내러티브 연결, 그리고 초연결사회의 내러티브〉는 서사학, 특히 서사 층위와 서사 구성 요소 및 서사 소통 모델 이론을 중심으로 내러티브의 연결을 초연결사회와 연관해서 연구한 것이다. 본 연구에서는 내러티브가 내부적으로 서사 층위들이 연결되어 이루어지는 것으로 보고, 스토리-텍스트-서술의 세 층위를 중심으로 내러티브 연결에 대해 살펴보았다. 그리고 내러티브가 각 층위에서, 또 인물-사건-시간-공간 등의 스토리 구성 요소들과 태도-관점-거리 등의 서술 요소가 연결되어 구성되는 면에 대해 연구하였다. 한편 내러티브가 외부적으로도 서로 연결되는 측면에 주목하여 서사 3층위론에 텍스트(관계)성을 추가하여 서사 4층위론으로 내러티브 연결에 대해 살펴보았다. 그리고 로만 야콥슨의 커뮤니케이션 모델을 통해 내러티브 소통 요소들과 그것들의 연결 구조에 대해 초연결사회의 내러티브 연결과 연관해서 살펴보았다. 이로써 내러티브는 초연결시대에 서사 층위와 구성 요소 및 서사 소통 모델에 따라 내외적으로 서로 연결되는 방식으로 초연결사회의 특징을 반영한 형태로 이루어지고 있음을

확인하였다. 그리고 이 글에서는 초연결시대 내러티브 연결의 특징들을 잘 인식하고 건강한 내러티브 역량을 길러서 내러티브 연결을 효과적으로 조정하며 활용해야 함을 강조하였다.

둘째 글 〈빅데이터와 사물인터넷 시대의 인문학적 상상력: 영화 〈마이너리티 리포트〉 다시 읽기〉는 이 시대의 거를 수 없는 흐름인 빅데이터와 사물인터넷의 명암을 인문학적 시선으로 바라보았다. 이 글은 스티븐 스필버그의 〈마이너리티 리포트〉를 통해, 빅데이터와 사물인터넷의 사용에 있어 비판적 사유와 인문학적 상상력의 필요성을 말하고자 하였다. 빅데이터와 사물인터넷 시대에, 이들의 명암은 더욱 선명하게 드러나고 있다. 인간을 위한 도구에서 출발했지만, 빅데이터와 사물인터넷 시대에 인간은 인간다운 삶의 자리를 내주고 있는 듯 보인다. 빅데이터와 사물인터넷이 인간의 삶을 감시하는 눈이 되고 있다면, 인간의 눈은 빅데이터와 사물인터넷을 감시하는 또 다른 눈이 되어야 함을 논하였다.

마지막 글 〈21세기 기술과학적 곤경과 탈인간중심주의적 세계관의 요청: 루스 오제키의 《시간 존재를 위한 이야기》〉는 포스트-휴머니즘적 인간관을 배경으로 하고 있는 루스 오제키의 소설 《시간 존재를 위한 이야기》를 중심으로 21세기에 살고 있는 우리가 당면한 다양한 기술과학적 곤경을 구체적으로 세세히 다루면서 그에 대한 대응을 살펴보고 있다. 이로써 초연결시대에 우리 주변에서 발생하는 비인간적 폭력과 전 지구적 생태의 문제를 섬세하게 관찰하고 진지하게 반응해야 함을 강조하였다.

위의 6편의 글들이 연결되어 한 권의 책으로 묶였다. 초연결까지는 아니지만 여기에도 연결의 의미가 살아 있다. 여기에는 각각의 연구에 초연결성, 이질성, 타자성이 모두 들어 있지는 않다. 그중 일부가 조금씩 제각각 들어 있는 경우들이 많다. 그러나 이런 것들이 다시 연결되어 전체적으로 초연결성과 타자성, 이질성을 많이 담아냈다고 생각한다. 이 책이 초연결시대를 잘 조망하고 이 시대의 특성과 본질을 헤아리는 작업에 조금이라도 도움이 되었으면 좋겠다.

2021년 6월
강원대학교 인문과학연구소

제2부 초연결시대의 특징에 대한 인문학적 탐색

1부

초연결시대의 문학,
그 이질성과 공존의 양상들

임화의 '낭만적 정신'과
'타자의 공동체'에 대한 문학적 탐색

김예리

| 이 글은 《인문과학연구》 제56호(2018. 3.)에 실린 글을 보완하여 재수록한 것이다. |

임화 문학의 문학주의와 '낭만적 정신'

한국문학사에서 카프KAPF (조선프롤레타리아예술동맹)를 중심으로 한 계급문학은 그것의 의미를 파악하고 가치를 부여하는 일에 있어 문학 그 자체보다는 역사적이고 정치적인 요소가 좀 더 직접적인 계기를 제공한다. 카프 문학이 문학적 방법으로 선택하고 있는 리얼리즘론에서는 기본적으로 현실과 그 현실의 계급적 모순을 얼마나 정확하게 반영하고 형상화하는가가 작품의 평가 기준이 되고, 또 그러한 계급적 모순을 문학작품을 통해 객관적으로 형상화하는 것에 그치는 것이 아니라 실제 삶에서 그 모순에 대해 얼마나 치열하게 저항하고, 또 변화를 이끌어 내기 위해 열정적으로 투쟁하는가가 문학의 가치 평가 기준이 되기 때문이다.

다다이스트 시인으로 출발하여 미술, 연극 평론가와 영화배우로도 활동하는 등 당대 문화예술의 전방위에서 활동하며 조선 예술의 현대적 방향을 탐색했으며, 일본 유학 이후에는 조선프롤레타리아예술동맹의 서기장으로서 계급문학의 방향성을 지도하는 조선 최고의 리얼리즘 문학 이론가이자 혁명을 꿈꾸는 조직운동가로 활동한 임화(1908~1953?)에 대한 연구적 시선 역시 그의 문학이 얼마나 정치적이고 혁명적이었는가에 대한 논의가 주를 이룬다. 임화 문학은 "한국 근대사의 굴곡을 그대로 반영한 착종된 무늬를 이룬다"[1]는 유성호의 평가처럼, 카프 해산 이후에도 임화

1　유성호, 〈비극적 근대시인의 시적 경로〉, 《임화문학의 재인식》, 소명출판, 2004, 163쪽.

의 문학은 현실 정치와 아주 가까운 거리에서 생산된다. 그래서 임화 문학에 대한 가치 평가는 문학 그 자체로서보다는 그의 정치적 행위의 가치 평가를 위한 근거로 제시되곤 한다.

그러나 임화는 또한 '문학'이라는 요소를 자신의 사유 속에서 끝까지 끌고 나가며 자신의 삶과 사상을 일치시키려고 한 작가이기도 하다. 임화는 자신의 텍스트에서 매우 복수적이고 다원적인 주체를 생산하며, 차이와 분열을 만들어 낸다.[2] 카프 해산이라는 위기의 상황에서 많은 문인들이 카프의 조직론에 집중할 때, 임화는 문학론으로 당시의 혼란을 돌파하려고 했고,[3] '문학'에 "글을 쓰는 자기의 주체성과 자기가 살고 있는 현실을 모두 환원"시키려고 했다.[4] 임화의 문학은 작가의 사회참여 속에서가 아니라 문학이 독자성을 유지한 채로 정치가 된다는 주장[5]이나 다다이스트로서든, 카프의 서기장으로서든, 카프의 해산 이후 비평가로서든, 임화에게 삶과 문학은 일원론적이었다는 해석[6] 역시 임화에게 문학이란 식민지라는 정치적 행위가 불가능한 시대에 선택할 수밖에 없었던 부차적인 것이 아니라 그의 삶에 있어서 근원적인 행위로서 위치한다는 점을 암시한다. 임화 문학의 주어는 정치라기

---

2 김수이, 〈임화의 시비평에 나타난 시차들〉, 임화문학연구회편,《임화문학연구》2, 소명출판, 2010.

3 손유경, 〈팔봉의 '형식'에서 임화의 '형상'으로〉,《한국현대문학연구》35, 2011. 12, 157쪽.

4 최현희, 〈임화 비평의 문학주의와 커뮤니즘〉,《반교어문연구》39집, 반교어문학회, 2015, 146쪽.

5 이진형, 〈임화와 문학의 정치〉,《비평문학》46, 한국비평문학회, 2012. 12, 364쪽.

6 김윤식,《임화연구》, 문학사상사, 1989.

보다는 문학이다.

임화의 문학성의 정체와 그것의 의미에 초점을 맞추는 최근의 임화 문학 연구의 경향은 이러한 문제의식에 공명하고 있는 것이라 할 수 있다.[7] 이런 연구들은 공통적으로 임화의 텍스트가 유물론적 반영론을 초과하는 지점을 읽어 내는 작업에 초점을 맞추고 있다. "임화 자신에게 유물론(또는 반영론)은 자신의 복잡한 지적 사유나 분방한 예술적 실천을 한꺼번에 쓸어 담는 큰 자루로 현상한 것이 아니"[8]라고 지적하며 카프 해산 이전부터 반영론을 초과하는 임화의 사유를 탐색하고 있는 손유경의 연구를 제외하면, 대체로 임화의 문학성에 초점을 맞추는 연구들은 카프 해산 이후 임화가 자신의 몇몇 비평문에서 강조했던 '낭만적 정신'의 의미를 탐색하거나 그러한 정신을 바탕으로 생산되고 있는 임화의 문학비평의 의미를 조명하는 작업에 집중한다.

임화의 문학성을 해명하는 데 있어 '낭만적 정신'이 중요한 것

---

7 대표적인 연구로 다음과 같은 논문을 참조할 수 있다. 김동식, 〈1930년대 비평과 주체의 수사학〉, 《한국현대문학연구》 24집, 한국현대문학회, 2008. 4; 김동식, 〈'리얼리즘의 승리'와 텍스트의 무의식〉, 《민족문학사연구》 38, 민족문학사연구소, 2008; 조연정, 〈1930년대 문학에 나타난 '숭고'에 관한 연구〉, 서울대학교대학원 박사학위논문, 2008; 손유경, 〈임화의 유물론적 사유에 나타나는 주체의 위치(position)〉, 《한국현대문학연구》 24, 한국현대문학회, 2008. 4; 백지은, 〈역설의 일관성 - 임화의 언어론 연구〉, 《동양학》 46, 동양학연구소, 2008. 9; 조은주, 〈임화의 '비평적 주체'의 절입 과정과 비평의 윤리〉, 《한국문화》 47집, 서울대 규장각한국학연구원, 2009. 9; 김수이, 〈임화의 시비평에 나타난 시차들〉, 임화문학연구회편, 《임화문학연구》 2, 소명출판, 2010; 강계숙, 〈'시의 현대성'에 대한 임화의 사유〉, 《상허학보》 45, 상허학회, 2015; 최현희, 〈임화 비평의 문학주의와 커뮤니즘〉, 《비교어문연구》 39, 비교어문학회, 2015; 최현희, 〈문학주의적 주체론과 역사의 이념〉, 《개념과 소통》 19, 한림과학원, 2017.
8 손유경, 〈임화의 유물론적 사유에 나타나는 주체의 위치(position)〉, 2008, 216쪽.

은, 이것을 통해 임화가 '주체의 능동성'을 주장할 수 있었기 때문이다. 여기서 중요한 점은 '주체의 능동성'이 '자아의 절대화'로 나아가는 것이 아니라 오히려 주체를 분열시키고, 이러한 '주체의 분열'을 통한 주체 내부의 타자성이라는 새로운 문학적 공간을 임화가 창출하고 있다는 사실에 있다.[9] 주체 내부의 타자성이라는 새로운 문학적 공간에 대한 임화식의 명명은 잘 알려진 바, '신성한 잉여'[10]이다. 유물론적 반영론을 초과하는 '신성한 잉여'를 임화가 그의 비평적 세계 속에 새겨 넣는 순간, 임화의 비평은 반영이론이 아니라 생산이론의 차원에 놓이게 되고,[11] 그에게 문학 작품은 작가의 세계관의 반영 및 그 표현으로 이해되는 것이 아니라 예술적 직관과 감정, 지성과 감성 간의 복합적 관계, 직관 작용이 초래한 현실의 작품 내 침투가 결합된 구조적 결과물로 이해된다.[12]

그런데 기존 연구에서 임화의 '낭만적 정신'은 사회주의 리얼리즘이라는 새로운 창작방법론과 세계관을 모색하기 위해 호출된

9 임화가 '리얼리즘의 승리'를 이끌어 낸 엥겔스의 발자크론을 전유하여 작가의 의도를 넘어선 작품의 층위를 주장하며 기존의 반영론적 리얼리즘과는 다른 차원의 문학론을 제시하고 있다는 점을 밝히고, 임화의 '신성한 잉여'란 해체론적인 '텍스트의 무의식'에 준하는 것이라는 점을 논증하고 있는 선구적인 논문으로 앞서 인용한 김동식의 논문을 참조할 수 있다.

10 임화, 〈의도와 작품의 낙차와 비평〉, 《문학의 논리-임화문학예술전집3》, 소명출판, 2009.(《비판》, 1938. 4.) 이 글에서 임화 텍스트는 《임화문학예술전집》(소명출판)에서 인용하며, 초출의 출처는 밝히지 않고 발표 연도만 제목 뒤에 병기하는 것으로 대신한다.

11 김동식, 〈1930년대 비평과 주체의 수사학〉, 207쪽.

12 강계숙, 〈'시의 현대성'에 대한 임화의 사유〉, 213쪽.

것으로 이해됨으로써 그의 리얼리즘론으로 용해되고 다시 당파성의 논의로 회귀한다. 다시 말해 '낭만적 정신'은 리얼리즘이라는 임화의 정치성을 완성하기 위한 과도의 정신, 혹은 문학적 태도로 이해되는 것이다. 물론 기존 연구들은 임화가 유물론적 변증법을 지양하고 사회주의 리얼리즘으로 나아가는 과정에서 '낭만적 정신'이 핵심적인 역할을 수행하고 있음을 논증하고 있고, 그런 점에서 임화의 '낭만적 정신'이 "임화 비평의 전반을 규정하고 있는 틀"[13]로 작동한다는 점을 인정하고 있다. 그러나 앞선 연구들의 논점의 핵심은 임화가 어떻게 사회주의 리얼리즘을 성취할 수 있었는가에 놓여 있기 때문에, 임화의 '낭만적 정신'은 카프의 도식주의에 대한 비판의 맥락 정도로 서술되고 있다.

이렇게 될 때, 임화의 '낭만적 정신'은 자주 '객관적 현실의 경향성'이라는 '현실'의 반대편에 위치하는 '이상'(을 지향하는 정신)으로 전치되면서, '낭만적 정신'의 주체는 비일상적이고 주관주의적인 주체인 동시에 일상적 현실을 초과하는 영웅적 존재로 규정된다. 주로 이러한 낭만적 영웅으로서 나타나는 주체의 형상은 임화 시편들에 나타나는 낭만성의 의미를 탐색하는 연구들에서 읽을 수 있는데, 이러한 맥락에서 임화의 낭만성에는 앞서 논의한 '타자성'이라는 임화의 새로운 문학적 공간이 삭제되고, 낭만적 영웅으로 현상된 시적 주체는 절대적인 자아의 형상으로 전화된다. 그래서 임화 문학에 나타나는 낭만성은 임화의 문학적 사유에서 파시

---

13 채호석, 〈임화와 김남천의 비평에 나타난 '주체'의 문제〉, 《상허학보》 4, 1988. 11.

즘적인 전체주의를 읽어 내는 근거로 제시되기도 한다.

　그러나 임화의 '낭만적 정신'은 자아의 절대화를 지향하는 일반적인 낭만주의와 달리 타자성이라는 새로운 문학적 공간을 발견하고 있으며, 앞으로 살펴보겠지만 이러한 그의 '낭만적 정신'은 20년대 동인지 《백조》의 낭만성에 근원을 두고 있다. 특히 임화가 읽은 《백조》의 낭만성의 근원은 노발리스Novalis나 슐레겔 Friedrich von Schlegel 등 독일 초기 낭만주의의 예술적 사유에서 찾아볼 수 있다. 임화의 '낭만적 정신'을 독일 초기 낭만주의의 예술적 사유의 맥락에서 읽고자 하는 이유는, 독일 초기 낭만주의에서 낭만적 자아란 "타자를 관장하고 점유하려는 절대적 자아가 아니라 타자와의 만남을 경험함으로써 사유 주체의 절대성을 상실하고 경험적으로 다양하게 분열되는 자아"[14]이고, 이러한 예술적 사유와 '글쓰기의 주체'라는 후기 임화 비평의 새로운 문학적 주체가 연관되어 있다고 읽히기 때문이다. 이 글은 자기를 해체하는 방식으로 타자와의 만남을 경험하는 임화 텍스트의 문학적 주체를 통해 임화가 '형식'으로서의 민족 개념을 사유하고 있음을 논의하며, 이러한 작업을 통해 임화의 문학적 사유에서 읽을 수 있는 새로운 공동체의 형상을 '타자의 공동체'로 명명하고자 한다.

14　최문규, 〈독일 초기낭만주의와 주체의 해체〉, 《독일어어문학》 14집, 2000. 12., 273쪽.

'낭만적 정신'의 기원으로서의 《백조》와 데카당스

카프 해산 이후 정치적 행위가 현실적으로 불가능해진 시기 식민지적 상황을 문학적으로 돌파하고 있는 임화의 후기 비평의 핵심은 '낭만적 정신'에 있다고 할 수 있다. 물론 비록 임화가 평문 〈사실주의의 재인식〉[15]에서 자신의 주장을 비판하고 부정하는 목소리를 내고 있다고 하더라도, '낭만적 정신'을 주장하기 전후 임화의 리얼리즘에서 분명한 변화의 지점이 있다는 사실은, '낭만적 정신'을 기축으로 임화의 문학적 사유가 새롭게 재구축되고 있다는 것을 의미한다.[16] 그런 점에서 임화의 '낭만적 정신'론에는 카프 해산 이후 카프와의 비판적인 연속성을 유지하면서 비평적 논의의 새로운 출발점을 마련하려는 그의 고민이 담겨 있다고 할 수 있다.[17]

이 '낭만적 정신'의 핵심은 자연이라는 객관성에 대비되는 '주관성'이라는 인간의 정신적 요소에 있다. 그런 면에서 임화의 '낭만적 정신'은 일차적으로 인간 주관의 작동을 염두에 두지 않은 채 오직 객관적 현실 묘사를 주장하는 카프의 공식주의적 경향에 대한 비판이며, 이전의 리얼리즘이 포착하지 못한 새로운 리얼리즘의 세계로 문학이 나아가기 위한 매개적 개념이라 할 수 있다.

---

15 임화, 〈사실주의의 재인식〉(1937), 《문학의 논리》, 소명출판, 2009.
16 채호석, 〈임화와 김남천의 비평에 나타난 '주체'의 문제〉, 203쪽 참조.
17 김동식, 〈'리얼리즘의 승리'와 텍스트의 무의식〉, 102쪽.

그런 점에서 이 정신적 활동으로서의 인간의 주관성이란 이념이 지도하는 대로 표현하지 않는 '주체의 능동성'[18]을 의미한다. 하지만 '주체의 능동성'의 원천에는 주체가 동일성으로 포섭하지 못하는 이물스러운 것의 작동이 언제나 전제된다는 점이 중요하다. 주관성이 '자아의 절대성'을 의미하는 것이 아니라 이념이 표현하는 것을 초과하는 어떤 것을 '생산'해 내는 인간의 능력을 의미하는 것이라 할 때, 이 '생산'을 가능하게 하는 힘이 필요하기 때문이다.

임화가 김남천의 '고발문학론'을 비판할 때, 그 핵심은 고발문학론이 "자기 분열을 온전히 내부의 심리적 자기 투쟁으로만 해결"[19]될 수 있다고 생각하는 그 믿음에 있다. 임화는 자기 분열의 극복이 "내부의 상극, 양심의 가책, 고발의 쾌감"으로 달성되는 것이 아니며, "분열된 자기에 의한 자기 분열에의 항쟁 그것은 한 개의 순환논리"[20]일 뿐이라고 비판한다. 즉, 김남천의 '고발문학론'의 한계는 '고발하는 주체' 그 자체를 보증할 수 있는 타자가 부재한다는 점에 있다.[21] 그러나 임화는 자연적 상태의 초과로서 인간의 주관성을 강조함으로써, 낭만성이라는 개념이 타자성과 연결될 수 있는 여지를 만들어 놓는다. 이러한 점이 가능한 것은 임

---

18 김동식, 〈1930년대 비평과 주체의 수사학〉, 202쪽.

19 임화, 〈현대문학의 정신적 기축-주체의 재건과 현실의 의의〉(1938), 《문학의 논리》, 100쪽.

20 임화, 〈현대문학의 정신적 기축〉, 102쪽.

21 채호석은 김남천 주장의 이러한 오류를 지적하며 김남천이 '고발문학론'에서 '관찰문학론'으로 나아갈 수밖에 없는 필연적 이유로 '고발문학론'의 '타자의 부재'를 들고

화에게 현실이란 "모순하는 과정이며 운동 발전하는 것"[22]이기 때문이다. 즉, 임화에게 현실이란 끊임없이 새로운 요소가 삽입되며 발전하는 변증법적 운동의 세계이고, 임화가 주장하는 문학적 주체는 그 운동의 흐름을 관조하거나 관찰하는 것이 아니라 그 운동의 한 요소로서 현실을 생산하고 구성하는 한 요소인 것이다.

사실 문학과 현실 삶에 대한 이러한 일원론적 태도는 카프 해산 이전부터 임화의 문학적 주장 중 하나였다. 박영희와 김기진 사이에서 벌어진 내용형식논쟁이 '운동으로서의 문학'과 '작품으로서의 문학'이라는 대립 구도로 바꾸어 말할 수 있다고 할 때,[23] 박영희 편에 선 임화의 선택이 보여 주는 것은 임화에게 문학 행위가 이루어지는 지평과 삶이 진행되고 있는 현실의 지평은 서로 연결되어 있다는 것이다. 이 연결은 임화의 반영론을 기계적인 재현으로 단순화할 수 없다는 점을 알려 준다. 현실과 문학을 같은 지평에서 생각한다는 것은, 현실을 조망할 수 있는 초월적 자리를 문학에 부여하지 않는다는 것을 의미하기 때문이다. 이러한 점은 임화의 평문 〈작가의 '눈'과 문학의 세계〉(1937)에서 좀 더 분명히 드러난다.

작가의 '눈'이란 과연 여하한 '렌즈'인가? / '초상화'는 그 모델에

있다(채호석, 〈임화와 김남천의 비평에 나타난 '주체'의 문제〉).

22　임화, 〈주체의 재건과 문학의 세계〉(1937), 《문학의 논리》, 59쪽.

23　김윤식, 《임화연구》.

비슷한 만큼 작자 자신을 닮았다고 누군가 말한 일이 있다. / 바로 작가의 '눈'이란 작품 위에 현실 세계를 반영할 뿐 아니라 작가 자신의 자태를 투영하는 '렌즈'다. / 작품 가운데는 우리의 생활이 있을 뿐 아니라 작가 자신의 생활이 있다. / 우리가 작품 세계 가운데서 공감하고 반발함은 우리와 작가가 일치하고 당착하는 그것에 불과하다. / 어느 때를 물론하고 작가는 작품 가운데 하나의 세계상을 보여 주나 그 세계상은 작가의 독특한 혈색으로 항상 농후하게 착색되어 있는 것이다. / 이 피는 실상은 대단히 다양한 것으로 어느 때는 현실 세계를 일층 선명하고 다채하게 자기의 세계상 가운데 재구성하는 수도 있으며, 때로는 이와 반대로 혼탁한 혈청으로 현실 세계의 위관과 내용을 더럽혀 버리는 수도 있다. (…) 작가는 자기의 '피'가 될 영양물을 전혀 현실 생활이란 토양에서 섭취하는 수밖에 없는 것이라, 작가적 혈액의 원소란 항상 작가가 생활하고 있는 사회의 원소임을 면치 못한다.[24]

임화는 작가의 '눈'이란 "작품 위에 현실 세계를 반영할 뿐 아니라 작가 자신의 자태를 투영하는 '렌즈'"라고 말한다. 즉, 작품은 현실 세계의 반영이지만, 반영된 현실 세계에는 '작가 자신'이 투영되어 있다. 이는 단순히 작가가 사는 세계와 묘사되는 현실이 같은 세계이기 때문이 아니다. 작가는 현실("우리의 생활")을 재현하지만, 동시에 재현된 현실이 작가("작가 자신의 생활")를 재현함

---

24 임화, 〈작가의 '눈'과 문학의 세계〉(1937), 《문학의 논리》, 227쪽.

으로써 작가가 그리는 현실의 층위와 그려진 현실이 그리는 작가의 삶의 층위가 연결되는 것이다. 여기서 중요한 것은 재현된 '우리의 생활'과 '작가 자신의 생활'이 같은 층위가 아니라는 점이다. '우리의 생활'이 '작가 자신의 생활'에 의해 담겨진 내용이라면, '작가 자신의 생활'은 '우리의 생활'을 표현하는 일종의 형식, 임화의 표현대로라면 "작가의 독특한 혈색"에 해당되는 것이기 때문이다. 그러니까 작가는 현실을 표상하고 재현하지만, 재현하는 문학적 행위는 다시 작가를 재현한다. 이 이중의 재현이 중층적으로 쌓여 있는 문학적 현실은 실제 현실과 닮았지만 다른 형상을 구현한다. 임화는 바로 이 다른 형상을 구현하는 힘을 '낭만적 정신'이라는 언어로 표현하고 있는 셈이다.

그러므로 "작가가 미리 그 인물의 운명을 부여하지 않고 그 인물이 부단히 체험하는 현실과의 상관 속에 제 운명이 만들어"[25]진다는 의미에서의 '예술적 현실성'은 고정되어 있는 것이 아니라 "운동 발전하는 것"이다. 동시에 이 운동성의 핵심에 '낭만적 정신'이라는 주관성이 위치하고 있고, "작가적 혈액의 원소란 항상 작가가 생활하고 있는 사회의 원소"라는 점에서 이 주관성 역시 "운동 발전하는 것"이다. 즉, "모순하는 과정이며 운동 발전하는 것"은 현실뿐 아니라 주체이기도 하다는 것, 주체는 자신을 탈존하는 방식으로 끊임없이 새로운 주체를 형성한다는 것, 이것이 임화가 '낭만적 정신'을 통해 새롭게 제시하고 있는 문학적 주체이다. 그런

---

25   임화, 〈현대문학의 정신적 기축〉, 102쪽.

점에서 이 새로운 문학적 주체를 구성하는 임화의 '낭만적 정신'
은 추상적이고 형이상학적인 관념이 아니라 매우 철저한 유물론
적 사유의 결과물로서 정신과 물질적 신체를 매개하는 역동적인
'힘'이라고 할 수 있다. 그리고 임화는 이 '힘의 문학', '힘의 예술'
의 흔적을 20년대 동인지 잡지《백조》에서 읽고 있다.[26]

앞으로 우리가 가져야 할 예술은 '역力의 예술'이다. 가장 강하고
뜨거웁고 매운 힘 있는 예술이라야 할 것이다. 헐가歇價의 연애문학,
미온적인 사실문학 그것만으로 우리의 오뇌를 건질 수가 없으며 시
대의 불안을 위로할 수 없다. 만萬 사람의 뜨거운 심장 속에는 어떠
한 욕구의 피가 끓으며 만 사람의 얽혀진 뇌 속에는 어떠한 착란錯
亂의 고뇌가 헐떡거리느냐? 이 불안, 이 고뇌를 건져 주고 이 광란의
핏물을 녹여 줄 영천靈泉의 파지자把持者는 그 누구뇨? '역力의 예술'
을 가진 자이며 '역力의 시'를 읊는 자이다.

이것은《백조》동인이었던 월탄 박종화의 글(〈문단의 1년을 추

---

26 임화의 '낭만적 정신'과《백조》와의 관련성에 대해서는 이미 몇몇 연구들에서 제기된
  바 있다. 임화의 시집《현해탄》의 낭만주의적 특성을 분석하고 있는 유종호는 "임화
  가 어쩌면 백조파의 직계가 아닌가 하는 심증까지 갖게 한다"(유종호, 〈바다와 청년
  의 낭만주의〉,《다시 읽는 한국시인》, 문학동네, 2002, 74쪽)고 말하고 있고, 임화 비
  평에서 논의되고 있는 '시의 현대성'에 대한 맥락을 데카당스 정신과 연결지어 논의
  하고 있는 강계숙은 임화가 주목하는 "신세대 시와《백조》동인이 구현하고 있는 데
  카당의 연원과 속성, 그 특질 간의 역사적 차이는 추후 면밀히 살펴볼 과제 중 하나
  다"(강계숙, 〈'시의 현대성'에 대한 임화의 사유〉, 245~246쪽)라고 말하며 임화 문학
  에서 동인지《백조》가 차지하는 위치에 대해 언급한 바 있다.

억하여-현상과 작품을 개평하노라〉,《개벽》, 1923. 1.)의 한 부분을 임화가 〈조선 신문학사론 서설〉에서 인용한 부분이다. 잘 알려진 대로 1935년에 발표된 〈조선 신문학사론 서설〉은 카프의 서기장으로서 임화가 일제에 카프의 해산서를 제출하고 마산에서 투병 중에 쓴 글이다. 김윤식은 임화가 1935년이라는 카프 해산의 시점에 문학사 형식의 글을 쓸 수밖에 없었던 이유로, 정치적으로 부정당한 카프 문학의 정당성을 입증할 필요가 있었기 때문이라고 서술한다. 그리고 이것은 예술과 현실, 혹은 문학과 삶의 이원성의 논리에 대한 비판과 부정으로 구체화될 수 있었다.[27] 이와 같이 임화의 〈조선 신문학사론 서설〉이 카프 문학의 정당성을 문학사적인 맥락에서 논리화한 것이라고 할 때, 그것의 논리적 근거는 문학과 현실을 같은 지평에서 바라보는 문학적 태도라고 할 수 있을 것이다. 그리고 이 태도는 문학을 현실의 단순한 반영이나 재현으로 보는 정태적 관점이 아니라 문학 역시 현실처럼 움직인다는 동적인 관점의 전형이라고 할 수 있다. 바로 이런 문학적 태도를 임화는 20년대 동인지《백조》의 문학에서 읽어 내고 있는 것이다.

---

27 구체적으로 임화의 비판의 대상은 "얻은 것은 이데올로기요, 상실한 것은 예술 자신"이라는 명제로 전향의 논리를 내세운 박영희와 신경향파 문학이 예술적으로는 이광수나 염상섭에 뒤처지지만 사상의 측면에서만큼은 이광수를 넘어섰다는 신남철의 글이었다. 즉, 임화는 〈조선 신문학사론 서설〉을 통해 "문화상에 있어 세계관적 과정과 예술적 과정의 '내적 관련성'을 설명치 않고 문학적 발전상에 있어서 사상과 예술성을 철저히 분리하고자 하는 것으로 파악"하는 이원론적 논리를 비판하며 신경향파 문학을 이인직과 이광수 문학의 연속선상에 둠으로써 카프 문학의 문학사적 정당성을 확보할 수 있었다는 것이다(김윤식,《임화연구》, 509~516쪽.).

이곳에는 그들이 침통한 고민으로부터 도피하지 않고 그곳에 즉 철卽撤하려는 태도와 그들이 벌써 춘원의 인도주의나 자연주의의 자유연애·현실주의 등이 안티테제로서 자기를 확인하려는 한 개 적극적 정신을 찾을 수가 있다. 요컨대 이 논문의 필자도 정직하게 지적한 바와 같이 기존한 제 문학으로 만족하기에는 그들의 '오뇌'나 '기대적 불안'은 보다 더 심대했던 것이다. 그러므로 연애의 자유는 헐가歇價의 것이고, '인권사상', '현실 폭로' 등은 '미온적'인 것이었다. 비록 관념적 방법으로나마 그들의 시가詩歌, 소설에는 전대 문학이 표현한 그것보다는 더 심각한 것을 탐구하려는 열정과 시대의 불안과 오뇌를 해결할 그 무슨 '역力'을 검색 발견하는 성실한 노력과 고민이 있었다. 그러므로 그들은 일개의 노선에서가 아니라 각양각색의 방향에서 자기의 길을 발견하려 노력하고 또 그 몸을 맡긴 것이다. 이 '역의 예술'을 고민 가운데서 찾는 곤란한 암중모색의 정열의 일단이 신경향파 문학에로 통한 것은 수긍할 수 있는 일이다.[28]

여기서 임화는 "춘원의 민족주의적 외피를 입은 인도적 이상주의문학과 직접으로 연락되는 것은《창조》와《폐허》등에 의거한 자연주의문학이었다는 사실을 상고하여야 한다"[29]고 말하며《백조》를《창조》와《폐허》와는 다른 성격의 동인지로 규정한다.《백조》를 타자화하는 시선을 통해 임화가 전하고 싶은 것은, 다른 동

28 임화, 〈조선 신문학사론 서설〉(1935),《임화문학예술전집》2, 414~415쪽.
29 임화, 〈조선 신문학사론 서설〉, 403쪽.

인지와는 달리《백조》에는 인간 감정의 정동을 표현하려는 측면이 있다는 것이다. 즉,《창조》나《폐허》의 자연주의처럼 보이는 현실을 묘사하는 것이 아니라《백조》의 낭만주의는 보이지 않는 현실, 즉 감정과 느낌으로 존재하는 비탄과 고뇌 자체를 형상화하고 있다는 것, 그래서 그들은 "시대의 불안과 오뇌를 해결할 그 무슨 '역力'을 검색 발견하는 성실한 노력과 고민"을 보여 주었다는 것이다. 이를 통해 임화는《백조》가 "부정된 현실에 대하여 그것을 폭로함으로써 현실에 보복"하려고 한 자연주의와 달리, "어떤 형식으로이고 그들은 달갑지 아니한 현실과 교섭할 것을 일체로 거절"[30]하는 극단적인 혁명성을 보여 주었다고 말하며《백조》가 표현하는 데카당티즘의 가치를 높게 평가한다. 이런 맥락에서 임화는《백조》가 "'역의 예술'이기보다는 차라리 무력無力의 예술의 표현"[31]이었다고 말하기도 한다. 여기서 중요한 점은 임화가 말하는 '무력의 예술'에서 '무력'이란 무기력함, 혹은 '힘이 없음'을 뜻하는 것이 아니라 부정성으로 표현되는 힘의 이면을 뜻한다는 사실이다.

《백조》에서 읽고 있는 '무/력의 예술'로서의 데카당스 정신은 30년대 후반 신세대 문인으로 떠오른 오장환을 임화가 주목하는

---

30 임화,《《백조》의 문학사적 의의》(1942),《임화문학예술전집》2, 473쪽. "이인직으로부터 최서해까지"라는 부제가 달린 〈조선 신문학사론 서설〉에서 조선문학사의 한 장면으로 서술된《백조》에 대한 내용을 임화는 1942년 《백조》의 문학사적 의의》라는 글로 확장하여 서술하고 있다.

31 임화,《《백조》의 문학사적 의의》, 465쪽.

임화의 '낭만적 정신'과 '타자의 공동체'에 대한 문학적 탐색 |

이유이기도 하다. 오장환, 김광균 등 몇몇 신세대 시인에 대한 단평을 적고 있는 〈시단의 신세대〉(1939)에서 임화는 《백조》와 유사하게 오장환의 시에서 비애의 정동을 읽고 있다. 이때 중요한 것은 몰락의 세계를 그려 낸 시의 내용이 아니라 몰락이라는 사건이 발생시키는 정동 그 자체이다. 그래서 임화는 오장환 시의 "고독과 비애는 벌써 표현 가능의 역域을 벗어나 있다"[32]고 말하며, 그의 시가 "멸하여 가는 것에 아름다움을 발견한 것을 공적으로 삼는다"[33]고 평가한다. 즉, 임화는 오장환의 시에서 세계의 반영, 혹은 재현으로서 몰락의 이미지를 읽는 것이 아니라, 몰락의 이미지를 생산해 내는 힘으로서의 데카당티즘을 주목하며, "그들의 노래의 조화되지 않고 그들의 정신을 구속하고 있는 현대에서 죽음과 더불어 비로소 그들은 해방될 따름"이라는 사실을 의식하는 "순정하고 또한 총명한 정신"[34]을 주목한다. 임화가 주목하는 이 몰락과 비애의 정신은 오장환의 시가 형상화하고 있는 시적 대상이 아니라 오히려 오장환의 시를 생산하는 시적 주체이며, 그런 점에서 이 정신은 시의 내용이 아니라 시의 '형식'이라 할 수 있다.

임화가 말하는 《백조》의 '무력無力의 예술'이 단순한 패배주의나 허무주의와 다른 것 역시, 이들의 예술이 부정적인 세계로 이끌려 가는 것이 아니라 자기파괴를 동력으로 삼아 "미래와 현실

---

32 임화, 〈시단의 신세대〉(1939), 《문학의 논리》, 393쪽.

33 임화, 〈시단의 신세대〉, 396쪽.

34 임화, 〈시단의 신세대〉, 392쪽.

의 이상以上을 환상하는 정열"[35]을 부정적인 방식으로 표출하고 있었기 때문이다.《백조》에 대한 두 편의 글에서 임화의 시선이 머물고 있는 것은《백조》에 재현되어 있는 내용 자체가 아니라, 그 내용들을 생산하고 있는 에너지로서 '무력이라는 형식'의 힘이다. 이 몰락의 에너지로서《백조》의 데카당스는《백조》식의 낭만주의를 발생시키는 원천이며,《백조》의 형식이자《백조》의 무의식이다. 1938년에 발표된 〈의도와 작품의 낙차와 비평〉에서 '신성한 잉여'라는 개념으로 이론화하고 있는 '텍스트의 무의식'을 임화는 이미《백조》읽기를 통해 보여 주고 있었던 것이다.

민족이라는 '형식'과 '타자의 공동체'로서의 문학

"단지 어떠한 상태를 긍정하는 것이 아니라 항상 의욕하는"[36] 임화의 '낭만적 정신'이 추상적이고 형이상학적인 관념이 아니라 유물론적 사유의 결과물로서 정신과 물질적 신체를 매개하는 역동적인 '힘'이라는 점, 그리고 이러한 사유를 통해 임화가 새롭게 구성하는 새로운 문학적 주체가 리얼리즘적인 재현적 주체가 아니라 스스로 운동 발전하는 동사적인 것이자 무의식적인 층위의 형식적인 것이라 할 때, 임화의 '낭만적 정신'이 작가의 의식

---

35   임화, 〈조선신문학사론 서설〉, 416쪽.
36   임화, 〈임화의 낭만적 정신〉(1936),《문학의 논리》, 30쪽.

성을 넘어서는 영역, 임화의 표현대로라면 '신성한 잉여'라는 영역으로 나아간 것은 매우 필연적인 사유 방향이다. 〈의도와 작품의 낙차와 비평〉(1938)에서 임화는 작품에는 작가의 의도를 넘어서는 영역이 존재한다며, 그것을 작가의 의도를 초과한다는 의미에서 "잉여"라고 표현한다. 임화에 따르면 이 잉여물은 "작가의 지성과 감성의 차이"에서 발생하는데, 이 차이가 발생하는 이유는 작가의 지성과 감성이 창작 과정 중에 끊임없이 운동하며 감성적 세계와 지성적 세계가 스스로 와해되고 새로운 세계를 생성시키기 때문이다. 그러니까 작가의 창작 과정은 끊임없는 정신적 갈등의 과정이고, 이러한 갈등은 해소되지 않고 작품 속에 작가의 의도에 반하여 남아 있게 된다. 그러나 이 '잉여'는 의도에 반하지만 작가의 의도를 생산하게 한 원천이라는 점에서 작품의 중핵이며, 진정한 작가의 의도이자 작가가 '알고 있지만 스스로 알고 있다는 사실을 모르는 차원의 앎'으로서의 '무의식'이다. 즉, 이 '신성한 잉여'는 작가 스스로가 자신을 타자화하고 대상화하지 않는 이상 발견될 수 없다는 점에서 작가의 문학 정신의 내밀한 외부성이다. 임화에게 있어 작가의 글쓰기는 끊임없이 자신을 타자화하는 과정이고, 글쓰기의 행위 속에서 작가는 매 순간 스스로의 존재로부터 탈존하는 존재인 셈이다. 교조적이고 공식주의적인 카프 문학에 대한 반성으로 '낭만적 정신'을 강조한 임화의 리얼리즘에 대한 문학적 고민이 다다른 곳은 문학의 정신이 분열되는 지점, 즉, 타자성의 영역이다.

임화가 《백조》에서 주목한 것 역시 표면적으로 드러나는 현실

패배적인 태도가 아니라 자기파괴의 힘을 동력으로 삼아 그러한 작품을 생산해 내고 있는《백조》의 예술적 정신이었다. 임화의《백조》읽기는 적혀 있는 내용을 읽는 것이 아니라 그 내용을 생산하는 힘으로서의 형식, 다시 말해《백조》라는 텍스트의 무의식에 주목하는 것이고, 이를 통해 임화는 자기의 비평적 주장인 '낭만적 정신'을 자아의 절대화를 주장하는 낭만주의 예술과 차별시키고 있는 것이다. 근원적 토대로서의 절대적 자아보다는 경험적 자아와 비아, 주체와 객체 간의 대립 자체를 중요시하는 독일 초기 낭만주의자들이 피히테Johann Gottlieb Fichte식의 주관적 의식철학의 한계를 넘어서고자 하는 것처럼,[37] 임화는《백조》에 직접적으로 표현되어 있는 그 내용을 읽는 것이 아니라 그것이 생산될 수 있게 만든 형식적인 층위의 무의식을 읽음으로써, 사유하는 주체의 능력을 작가의 의식에 귀속시키는 것이 아니라 작가의 무의식, 즉 작품으로 넘기는 것이다.[38]

임화의 이러한 문학적 탐색은 들뢰즈Gilles Deleuze가 바로크 예술

---

37 발터 벤야민,《독일 낭만주의의 예술비평 개념》, 심철민 옮김, 도서출판 b, 2013; 최문규, 〈독일 초기낭만주의와 주체의 해체〉, 274~280쪽 참고.

38 물론 임화는 독일 초기 낭만주의에 대한 깊이 있는 언급을 한 적이 없고,《백조》의 문학사적인 위치를 규정하는 맥락에서 청년 독일파가 노발리스나 슐레겔의 독일 초기 낭만주의를 차용했듯이《백조》역시 문학사적으로 낭만주의의 맥락에 있다기보다는 오히려 '양식의 차용' 수준에서 나타나는 낭만성이라고 말하며 지나가듯 가볍게 언급하고 있는 것이 전부이지만, 임화가 크게 중요치 않게 언급하고 있는 독일 초기 낭만주의자들의 문학적 사유에서 문학적 주체의 분열을 통해 타자성의 영역으로 나아가는 임화의 '낭만적 정신'이 보여주는 문학적 사유가 겹쳐진다는 점은 다소 특이한 점이다.

을 설명하는 장면과 매우 닮아 있다. 들뢰즈에 따르면 종교개혁과 과학의 발전이라는 시대적 변화 속에서 신학적 이성의 위기와 몰락이 발생하고 있을 때, 바로크적 정신이 선택한 방법은 "어떤 대상이 빛나는 원리에 상응하는지 묻지 않고, 감추어진 어떤 원리가 이 주어진 대상에 상응하는지를 묻는" 것이다. 이것은 '법률'을 도덕적 '판례'로 변형하는 것이며, 이를 두고 들뢰즈는 "개념과 독특성의 결혼"이라고 말한다.[39] 빛나는 원리로서의 '카프의 이념성'이 무너진 자리에 임화는 새로운 이념성을 세우는 것이 아니라 개별 작품의 독특성을 읽을 수 있는 보편적 원리를 제시하고 있는 것이다. 작가의 '신성한 잉여'에 의해 구현되는 작품이라는 개개의 문학적 형상은 보편적인 동시에 특수하며, 그런 점에서 단독적이다. 이렇게 구체적인 단독성으로 제시되는 임화의 문학적 형상은 그러므로 현실을 그대로 반영하는 것이 아니라 언제나 현실 이상의 어떤 요소로서 잉여적인 타자성을 함축한다.[40]

문학적 형상에 대한 임화의 이러한 생각은 카프가 해산하기 전에 발표된 〈문학에 있어서의 형상의 성질 문제〉(1933)에서부터 이미 읽어 볼 수 있다. 이 글에서 임화는 문학이라는 것은 "추상적 논리에 의한 기록 대신에 생생한 생활의 구체적 형상을 가지고 묘사하고 표현하는 데에 그 특질이 있는 것"이라고 말하며 "형상

---

39 질 들뢰즈, 《주름-라이프니츠와 바로크》, 이찬웅 옮김, 문학과지성사, 2004, 125쪽.
40 임화의 리얼리즘에 반영론을 초과하는 지점이 있다는 점을 논증하고 있는 연구로, 손유경의 〈임화의 유물론적 사유에 나타나는 주체의 위치〉와 백지은의 〈역설의 일관성-임화의 언어론 연구〉(《동양학》 46집, 2009. 8)를 참조할 수 있다.

의 구체성"에 대해 강조하는 동시에, 이 구체적 형상에는 "무한에 가까운 복잡성"이 있다고 말한다. 다시 말해 임화에게 문학적 형상은 개념적으로 단순화하는 것이 불가능한 것이다. 백철과 휴머니즘 논쟁을 벌일 때도 임화는 백철이 문학을 관념화시켰다는 점에 대해 비판하며 "과학은 현실의 다양함을 파악할 때 현실의 개별적 사상을 추상하여 그것을 일반화하나, 예술은 반대로 현실의 개별적 사상을 추상하지 않고 개물을 오히려 가장 개별적인 것으로 파악한다"[41]는 일본 유물론 철학자 아마카스 세키스케甘粕石介의 글을 인용하여 적고 있다. 무한한 복잡성을 갖고 있는 문학적 형상을 개념적으로 단순화하거나 관념화할 수 없다는 임화의 서술적 태도는 민족에 대한 서술에서도 유사하게 나타난다. 임화에게 민족은 주로 언어로써 사유되고, 언어는 다시 문학과 긴밀히 연결되기 때문이다.[42]

문학과 깊은 관련성 속에서 논의되는 임화의 언어론은 〈언어와 문학〉, 〈언어의 마술성〉, 〈언어의 현실성〉, 〈예술적 인식과 표현 수단으로서의 언어〉 등과 같은 글을 통해 읽어 볼 수 있는데, 이러한 글에서 임화는 문학보다 언어의 범주를 더 넓게 이해하는 일반적인 통념과는 달리 "언어가 만일 문학의 일 소재이고 속성

---

41 임화, 〈문예이론으로서의 신휴머니즘에 대하여〉(1937), 《문학의 논리》, 158~159쪽.

42 임화의 문학과 언어, 그리고 조선어와 조선이라는 민족에 대한 논의는 와타나베 나오키, 〈임화의 언어론-1930년대 중·후반의 견해를 중심으로〉, 《국어국문학》 138, 국어국문학회, 2004; 김예림, 〈초월과 중력, 한 근대주의자의 초상〉, 《한국근대문학연구》 9, 한국근대문학회, 2004; 배개화, 〈민족어, 민족문학, 리얼리즘〉, 《현대소설연구》 37, 한국현대소설학회, 2008; 백지은, 〈역설의 일관성-임화의 언어론 연구〉; 남기혁, 〈시

이라면 문학은 다른 속성까지를 자기 가운데 종합 통일하고 있는 전체다. 즉, 언어 이상의 무엇이다"[43]라고 말한다. 여기서 중요한 것은, 문학에 초월적인 어떤 요소가 담겨 있기 때문에 문학이 '언어 이상'이라는 것이 아니라, 언어를 통해 표현된 문학적 형상이 언어를 다시 정련시키기 때문이라는 점이다. 임화에게 문학은 끊임없이 자기를 타자화하며 분열시키는 과정 그 자체인 것이다.

유물론적인 태도에 근거하고 있는 이러한 생각은 삶과 예술의 관계를 일원론적인 태도로 이해하는 임화 특유의 태도가 나타나는 부분이기도 하다. 임화에게 내용과 형식의 관계가 이분법적으로 단순하게 나눠지지 않는 것도 이러한 맥락 속에 놓여 있다. 〈언어의 현실성〉에서 임화는 내용의 연장이 형식이고, 형식이 내용에 주입될 수 있음을 분명히 하며 형식적인 것이란 내용과 별개로 존재하는 것이 아니라 "그 내용에 의하여 각각 결과되는 물건"[44]이라고 말한다. 형식으로서의 언어가 문학적 형상이라는 내용을 표현한다고 손쉽게 생각할 수 있지만, 오히려 형식으로서의 언어는 문학적 형상을 표현하는 그 행위를 통해서만 존재하며, 그런 까닭에 문학은 '언어 이상'이 될 수 있는 것이다.

이런 의미에서 문학이 '언어 이상'이라는 임화의 주장은 문학적 형상이 "무한에 가까운 복잡성"을 갖고 있다는 말과 연결된다. 독

어로서의 '조선어=민족어'의 풍경과 시단의 지형도〉, 《비평문학》 33, 한국비평문학회, 2009 참조.

[43] 임화, 〈언어의 마술성〉(1936), 《문학의 논리》, 454쪽.

[44] 임화, 〈언어의 현실성〉(1936), 《문학의 논리》, 471쪽.

자의 눈앞에 현존하는 작품으로서의 문학은 이미 완성된 어떤 형태로 있는 것처럼 보이지만, 형상으로서의 문학은 자기 자신 속에 완결되어 있어 다른 것과 관계를 갖지 않는 것이 아니라 형식이라는 타자성이 대립적 관계를 지속시킨다.[45] 다시 말해 임화에게 문학, 혹은 문학적 형상은 단순히 현실의 반영태가 아니라 생성하는 언어이며, 그래서 언제나 '언어 이상'이다. 또한 '언어 이상'의 생성하는 언어라는 점에서 문학적 형상은 완결되고 고정된 것이 아니라 자기파괴적인 것이며 시간적인 것이다.

임화에게 문학이 행위성으로 인식되는 것이라 할 때, 임화가 조선어학회 스타일의 민족 개념을 "관념적인 산물인 언어를 가지고 문화와 생활 모든 것을 규정하려는 관념론"[46]이라 비판하는 것은 일관된 논리적 흐름이라고 할 수 있다. 임화에게 민족이란 이미 무엇이라 규정된 고정된 정체성이 아니라 끊임없이 새로운 내용이 기존의 내용을 부정하며 새로운 형식을 만들어 내는 문학적인 것과 다르지 않다.[47] 특히 일제 말 임화의 민족문학론에서 '민족'이라는 개념이 갖는 모호성과 이런 모호성 때문에 생기는 임화의 친일에 대한 의심은 추상적이고 관념적인 사유를 비판하고 구체적인 단독성으로서의 문학적 사유를 지지하는 임화의 주장을 고려해 본다면 조금 더 분명히 판단할 수 있는 여지가 생겨난다.

---

45 발터 벤야민, 《독일 낭만주의의 예술비평 개념》, 88쪽.

46 임화, 〈언어의 마술성〉, 453쪽.

47 이와 관련하여 임화를 "문학주의적 주체론자"로 규정하는 최현희는 임화가 "자기 외재적 지식의 총합으로서 역사를 관조하는 것이 아니라, 비평가가 문학작품을 해석함

임화의 '낭만적 정신'과 '타자의 공동체'에 대한 문학적 탐색 |

이 문학하는 정신과 독자 사이에서 비로소 표현의 문제가 성립된다. 표현하는 과정에서 작품이 성립된다.

그렇기 때문에 표현이 그러하듯이, 표현 수단으로서의 언어는 정신의 표식이 아니다.

더군다나 한 걸음 더 나아가서 언어를 뭔가 국경 표식이라도 되는 것처럼 생각하여 소란을 피워 대는 논의는 한시라도 빨리 성실함을 되찾을 필요가 있다.

술병에 물도 들어가는 법이다.[48]

인용된 부분에서 임화는 "말은 정신의 표지가 아니다"라고 말하고 있으며, "말을 무슨 국경 표지라도 되는 듯이 생각하여 떠들고 있"다며 다소 과격하게 표현하기도 한다. 그런데 '말은 국경 표지가 아니다'라는 이 표현에서 임화가 언어와 민족의 관계를 부인하는 것이라 해석하기도 하지만, 여기서 부정되는 것은 관념으로서의 민족이다. 그렇다면 문학적으로 사유되는 '민족'이란 어떤 것일까.

낭시Jean Luc Nancy와 라쿠-라바르트Philippe Lacoue-Labarthe는 《아테

으로써만 전개될 수 있는 자기발생적 실천 행위로서 역사에 개입한다"고 말하며 그런 점에서 임화의 이식문학론은 "이식성이 주체성이 되고 고유성이 객관성이 되는 가운데 역사가 기어코 미래를 향하여 흐를 수 있게 되는 시간적 과정"을 보여 주는 것으로 "문학과 민족의 개념을 역사의 이념 속에서 현재화하고 그리하여 자기 스스로에 역사성을 부여하는 이론"으로 정의하고 있다(최현희, 〈문학주의적 주체론과 역사의 이념〉, 《개념과 소통》 19, 한림과학원, 2017).

48   임화, 〈말을 의식한다〉(1939), 김윤식 옮김, 《임화문학예술전집》 5, 498쪽.

네움Atheneum》에 실린 초기 독일 낭만주의자들의 주요 텍스트들을 번역하고 해석하면서 "낭만주의의 핵심에 현실을 넘어선 어떤 초월적 세계에 대한 염원이 아니라, 사회의 형식적인 법·기준들과 관념들·이론들에 포섭되지 않는 삶의 실재에 대한 모색"이 있음을 밝히고, 이들의 사유를 통해서 "유일무이한 초월적·예술가적 영혼으로부터 공동의 영혼(영혼의 공산주의)으로, 소통의 단일한 중심점으로부터 소통의 복수적 분산점들로 나아가는 길을 탐색한다."[49] 이러한 탐색을 통해 낭시는 우리에게 익숙한 '공동체의 상실'이라는 경험은 이성이 만들어 낸 선험적 환상에 불과하며, 우리 사회에서 "공동체가 자리 잡았던 적은 없었다"[50]고 단언한다. 낭시에게 공동체는 특정한 장소도 아니고 특정한 신념이나 욕망에 따라 구성되는 동일성의 체계도 아니며, 따라서 당연히 "이루어야 할 과제"[51]도 아니다. 오히려 공동체는 죽음을 통해 스스로를 드러낸다.

공동체는 타인의 죽음에서 드러난다. 따라서 공동체는 언제나 타인에게 드러난다. 그것은 자아들—결국 불사不死의 주체들과 실체들—의 공간이 아니라 언제나 타인들인(또는 아무것도 아닌) 나들의 공간이다. 공동체가 타인의 죽음에서 드러난다면, 그 이유는 죽

---

49 박준상, 〈공동체의 무위〉, 《떨림과 열림》, 자음과모음, 2015, 188~189쪽.
50 장 뤽 낭시, 〈무위의 공동체〉, 《무위의 공동체》, 박준상 옮김, 인간사랑, 2012, 40쪽.
51 장 뤽 낭시, 《무위의 공동체》, 46쪽.

임화의 '낭만적 정신'과 '타자의 공동체'에 대한 문학적 탐색 |

음 그 자체가 자아들이 아닌 나들의 진정한 공동체를 이루기 때문이다. 그 공동체는 자아들을 <u>대大자아Moi나 상위의 우리 안으로 융합시키는 연합이 아니다. 그것은 타인들의 공동체이다.</u> 죽을 수밖에 없는 존재들의 진정한 공동체, 또는 공동체를 가져오는 죽음, 그것은 그들의 불가능한 연합을 입증한다. (…) 공동체는 유한한 존재를 출현시키는 유한성과 결정적 초과의 현시이다. <u>유한한 존재의 죽음, 그러나 또한 유한한 존재의 탄생, 오직 공동체만이 나에게 나의 탄생을 현시하고, 그와 더불어 내가 나의 탄생으로 다시 건너간다는 것의, 또한 나의 죽음을 넘어선다는 것의 불가능성을 현시한다.</u>[52](강조는 원문, 밑줄은 인용자)

앞서 살펴본 바, 임화의 '낭만적 정신'은 운동하고 발전하는 과정에서 탈존을 경험하고, 이 탈존의 경험에서 이전과는 다른 새로운 주체를 형성한다. 여기서 중요한 것은 완성된 주체가 아니라 그 주체를 변화하고 발전시키는 운동성이다. 임화가 〈의도와 작품의 낙차와 비평〉에서 진정한 작가 정신이라고 말한 '잉여물'은 이것을 작가가 의식하여 재질서화하는 순간 "잉여의 세계임"이 지양되고 "그 자신 수미일관한 사상"[53]이 된다. 즉, 잉여물이라는 타자가 사라질 때, 세계는 고정되고 운동은 정지된다. 그러나 살아 있는 인간 정신으로서 작가의 낭만적 정신은 감성과 지성의

---

52 장 뤽 낭시, 《무위의 공동체》, 47~48쪽.
53 임화, 〈의도와 작품의 낙차와 비평〉, 《문학의 논리》, 566쪽.

갈등이 끊임없이 지속되므로 주체의 변신 운동은 멈추지 않는다. 다시 말해 주체는 끊임없이 타자가 되고, 타자가 되는 과정을 통해 주체는 죽음을 반복한다.

그런데 〈의도와 작품의 낙차와 비평〉에서 임화는 훌륭한 비평이란 바로 이런 '작품의 무의식'을 읽어 내는 것이라고 함으로써 작가 정신의 중핵이라 할 수 있을 이 '신성한 잉여'를 독서의 영역으로 전환시킨다. 이 전환은 문학의 방향성이 사라진 시대에 비평가로서 임화의 문학적 고민을 보여 주는 것이기도 하지만, 더 문제적인 것은 문학적 주체를 작가 한 사람의 운동으로 한정하는 것이 아니라 그 운동에 무수한 독자를 참여시킴으로써, 명징한 이념성으로 구성된 카프의 집단성과는 다른 형상의 공동체를 사유할 수 있는 가능성을 열어 준다는 데 있다. 이 공동체가 독특한 점은 개념적으로 사유되는 민족이나 계급처럼 주체성이 세워질 때 경험되는 집단성이 아니라 주체가 와해될 때, 다시 말해 탈존함으로써 죽음을 경험할 때 드러나는 '타자의 공동체'라는 점이다. '타자의 공동체'를 공동체라 부를 수 있는 이유는 '신성한 잉여'라는 작품의 무의식이 작가와 독자를 연결시키고 있기 때문이다. 임화의 표현대로 작가의 의도 너머의 중핵을 파악한 "훌륭한 비평"에는 비평가 한 사람의 말소리만 들리는 것이 아니라, 수없이 많은 죽음을 반복하는 무수한 작가들(혹은 "나들인 동시에 타인들")의 소리와 동시에 수없이 많은 죽음을 반복하는 무수한 비평가들(혹은 "나들인 동시에 타인들")의 목소리가 작가의 정신을 초과하여 바깥에 위치한 '신성한 잉여'를 중심으로 대화와 소통 행위가 벌어지고 있는 셈이다. 현실을 그대로 반영하는 것이 아니라 언제나 현실 이상의 어떤 요소로서 잉여적인 타자성을 함축함으로써 구체적인 단독성의 세계를 형성하는 문학적 형상처럼, 임화에게 민족이라는 공동체성은 '국경 표지'와 같은 경계로 우리의 정신에 작용하는 것이 아니라 '조선'이라는 형상 속에서 이루어지는 소통이며 대화인 것이다.

임화의 '낭만적 정신'과 '타자의 공동체'로서의 문학

카프 해산 후 자신의 문학론을 통해 당시의 혼란을 돌파하려고 했던 임화는 '낭만적 정신'을 통해 비평적 논의의 새로운 출발점을 마련하고자 한다. 임화는 '낭만적 정신'을 주관성이라는 인간의 정신적 요소로 표현하고 있지만, 그의 '낭만적 정신'은 세계를 모두 자아로 흡수하며 자아의 절대화를 지향하는 낭만적 인간형을 의미하는 것이 아니라, 오히려 자기를 부정하고 파괴하는 탈존의 방식으로 끊임없이 새로운 주체를 형성하는 자기혁명적인 문학적 주체를 지향한다. 임화가 생각하는 문학적 주체는 현실 운동의 흐름을 관조하거나 관찰하는 것이 아니라 그 운동의 한 요소로서 현실을 생산하고 구성하는 한 요소이며, 자기파괴와 자기창조의 과정 그 자체라고 할 수 있다. 모순하는 과정이며 운동 발전하는 것은 현실뿐 아니라 주체이기도 하다는 것, 주체는 자신을 탈존하는 방식으로 끊임없이 새로운 주체를 형성한다는 것,

이것이 임화가 '낭만적 정신'을 통해 새롭게 제시하고 있는 문학적 주체인 것이다. 교조적이고 공식주의적인 카프 문학에 대한 반성으로 '낭만적 정신'을 강조한 임화의 리얼리즘에 대한 문학적 고민이 다다른 곳은 문학의 정신이 분열되는 지점, 즉 타자성의 영역이다.

이런 점에서 임화의 '낭만적 정신'은 추상적이고 형이상학적인 관념이 아니라 매우 철저한 유물론적 사유의 결과물로서 정신과 물질적 신체를 매개하는 역동적인 힘이라고 할 수 있다. 그리고 임화의 이러한 문학적 사유의 원천은 20년대 동인 잡지 《백조》에서 찾을 수 있다. 임화는 《백조》의 현실 패배적인 태도는 단지 표면적인 것일 뿐이며, 자기파괴의 힘을 동력으로 삼아 그러한 작품들을 생산해 내고 있는 《백조》의 예술적 정신을 읽어야 한다고 강조한다. 임화는 《백조》에 직접적으로 표현되어 있는 그 내용을 읽는 것이 아니라 그것이 생산될 수 있게 만든 형식적인 층위의 무의식을 읽음으로써, 사유하는 주체의 능력을 작가의 의식에 귀속시키는 것이 아니라 작가의 무의식, 즉 작품으로 넘기고 있는 것이다. 작가의 의식을 텍스트의 무의식으로 대체하는 임화의 이러한 문학적 지향은, 그가 빛나는 원리로서의 '카프의 이념성'이 무너진 자리에 새로운 이념성을 세우는 것이 아니라 개별 작품의 독특성을 읽을 수 있는 보편적 원리를 제시하는 것이라고 할 수 있다.

텍스트의 무의식에 따라 구현되는 문학적 형상은 구체적인 단독성으로 제시된다. 문학적 형상은 현실을 그대로 반영하는 것이 아니라 언제나 현실 이상의 어떤 요소로서 잉여적인 타자성을 함축하며, 임화는 이를 '신성한 잉여'로 명명한다. 문학적 형상이란 그 안에 이미 '신성한 잉여'라는 내밀한 타자성을 품고 있어 작가의 의도 너머의 세계를 표현하지만, 이 의도 너머의 세계란 어떤 형상의 외부를 지시하는 것이 아니라 오히려 작가도 몰랐던 그의 진정한 의도라는 점에서 문학적 형상의 본질을 의미한다. '신성한 잉여'란 텍스트의 무의식이자 작품의 형식이며, 자기를 타자화하며 분열시키는 과정 그 자체로서의 문학적 주체이다. 다시 말해, 임화의 문학적 주체는 끊임없이 타자가 되고, 타자가 되는 과정을 통해 주체는 죽음을 반복한다.

임화의 이러한 문학적 사유는 명징한 이념성으로 구성된 카프의 집단성과는 다른 형상의 공동체를 사유할 수 있는 가능성을 열어 준다. 이 문학적 공동체는 민족이나 계급처럼 주체성이 세워질 때 경험되는 집단성이 아니라 주체가 와해될 때, 다시 말해 탈존함으로써 죽음을 경험할 때 드러나는 공동체이며, 그런 의미에서 '타자의 공동체'라고 할 수 있다. '타자의 공동체'를 공동체라 부를 수 있는 이유는 '신성한 잉여'라는 작품의 무의식이 작가와 독자를 연결시키고 있기 때문이다. 현실을 그대로 반영하는 것이 아니라 언제나 현실 이상의 어떤 요소로서 잉여적인 타자성을 함축함으로써 구체적인 단독성의 세계를 형성하는 문학적 형상처럼, 임화에게 민족이라는 공동체성은 '국경 표지'와 같은 경계로 우리의 정신에 작용하는 것이 아니라 '조선'이라는 형상 속에서 이루어지는 타자와의 소통이자 관계라 하겠다.

참고문헌

강계숙, 〈'시의 현대성'에 대한 임화의 사유〉, 《상허학보》 45, 상허학회, 2015.

김동식, 〈1930년대 비평과 주체의 수사학〉, 《한국현대문학연구》 24, 한국현대문학회, 2008.

김예림, 〈초월과 중력, 한 근대주의자의 초상〉, 《한국근대문학연구》 9, 한국근대문학회, 2004.

남기혁, 〈시어로서의 '조선어=민족어'의 풍경과 시단의 지형도〉, 《비평문학》 33, 한국비평문학회, 2009.

배개화, 〈민족어, 민족문학, 리얼리즘〉, 《현대소설연구》 37, 한국현대소설학회, 2008.

백지은, 〈역설의 일관성-임화의 언어론 연구〉, 《동양학》 46, 동양학연구소, 2008.

손유경, 〈팔봉의 '형식'에서 임화의 '형상'으로〉, 《한국현대문학연구》 35, 2011.

이진형, 〈임화와 문학의 정치〉, 《비평문학》 46, 한국비평문학회, 2012.

조은주, 〈임화의 '비평적 주체'의 정립 과정과 비평의 윤리〉, 《한국문화》 47, 서울대 규장각한국학연구원, 2009.

채호석, 〈임화와 김남천의 비평에 나타난 '주체'의 문제〉, 《상허학보》 4, 상허학회, 1988.

최문규, 〈독일 초기낭만주의와 주체의 해체〉, 《독일어문학》 14, 2000.

최현희, 〈임화 비평의 문학주의와 커뮤니즘〉, 《반교어문연구》 39, 반교어문학회, 2015.

최현희, 〈문학주의적 주체론과 역사의 이념〉, 《개념과 소통》 19, 한림과학원, 2017.

와타나베 나오키, 〈임화의 언어론-1930년대 중·후반의 견해를 중심으로〉, 《국어국문학》 138, 국어국문학회, 2004.

김수이, 〈임화의 시비평에 나타난 시차들〉, 임화문학연구회편, 《임화문학연구》2, 소명출판, 2010.

김윤식, 《임화연구》, 문학사상사, 1989.

박준상, 《떨림과 열림》, 자음과모음, 2015.

발터 벤야민, 《독일 낭만주의의 예술비평 개념》, 심철민 옮김, 도서출판 b, 2013.

유성호, 〈비극적 근대시인의 시적 경로〉, 《임화문학의 재인식》, 소명출판, 2004.

임화, 《임화문학예술전집》 1-5, 소명출판, 2009.

장 뤽 낭시, 〈무위의 공동체〉, 《무위의 공동체》, 박준상 옮김, 인간사랑, 2012.

질 들뢰즈, 《주름-라이프니츠와 바로크》, 이찬웅 옮김, 문학과지성사, 2004.

국제 노동시장의 경험과 민족주의자의 딜레마
: 주요섭의 장편소설 읽기

정주아

｜ 이 글은 《중앙사론》 제52집(2020.12.)에 실린 글을 보완하여 재수록한 것이다.　｜

어느 3·1운동 세대의 외국 체류기

이 글은 '실력양성론', '국제시장', '민족 이산' 등의 관점으로 주요섭(1902~1972)의 생애와 그의 장편소설들을 논의한다. 단편소설 〈사랑손님과 어머니〉의 작가 주요섭에 익숙하다면 이러한 키워드가 분명 낯설 수도 있겠다. 그러나 단편소설 창작에 능한 한국 근대문학의 대표 작가라는 명성이 도리어 주요섭과 그의 문학에 대한 편견을 형성했다는 의견은 그간 꾸준히 제기되어 왔다. "1920년대부터 이미 주요섭은 최초의 세계시민"이라는[1] 언급이 단적으로 보여 주듯이, 그는 청장년기의 대부분을 해외에 체류하며 보냈다. 최초 출생지인 조선의 평양에서 시작된 그의 동선은 1920~40년대에 걸쳐 도쿄(1918~1919), 상하이(1921. 3~1927. 6), 캘리포니아(1927. 6~1930. 2), 베이징(1934. 9~1943. 봄) 등을 아우르며,[2]

---

1 정정호, 〈책머리에〉, 《구름을 잡으려고》, 푸른사상, 2019, 6쪽. 영문학자 정정호는 해방 전후 주요섭이 신문과 잡지에 발표한 일련의 장편소설들을 정리하여 2019년 단행본 시리즈로 발행한 바 있다. 이 글은 해당 단행본 중 해방 이전을 시간적 배경으로 삼은 세 편의 장편소설 《구름을 잡으려고》(《동아일보》, 1935년 2월 17일~8월 4일), 《일억 오천만 대 일》(《자유문학》, 1957년 6월~1958년 4월), 《망국노군상》(《자유문학》, 1958년 6월~1960년 5월) 등을 분석 대상으로 하였다. 이외에 주요섭은 해방 직후부터 6·25의 상황을 다룬 《길》(《동아일보》, 1953년 2월 20일~8월 17일)을 연재한 바 있으나, 본 글의 논의에서는 제외하였다. 이하 작품의 인용 내용 및 인용 쪽수는 푸른사상에서 발간된 단행본을 따른다. 이 밖에 별도의 자료나 원문을 제시한 경우 해당 출처 및 쪽수는 별도로 표시하였다.

2 주요섭의 연보 및 전기에 대한 가장 상세한 연구는 최학송, 〈해방 전 주요섭의 삶과 문학〉, 《민족문학사연구》 제39호, 민족문학사연구소, 2009, 149~175쪽; 이가성, 〈주요섭 문학연구: 해외 체류 경험의 문학적 형상화를 중심으로〉, 서강대학교 석사학위논문, 2018. 참조.

개별 체류 기간을 모두 합하면 거칠게 가늠해도 약 16년이 된다. 물론 그가 체류한 장소들이 일제 치하 한인들이 집단적으로 이주하거나 혹은 망명했던 주요 지역이라는 데에 일차적인 의의가 있으나, 이렇듯 10대 후반부터 40대 초반에 이르는 긴 시간이 그로서는 '이국의 조선인'으로서, 요컨대 '외부의 내부'로서 조국을 바라보아야 하는 시간으로 경험되었음에 틀림없다.

　이때 '조국'이란 '국가'와 다른 어감을 지닌다는 사실을 간과해서는 안 된다. 이 단어는 이미 보편적 중립성이나 객관성을 거부하며, '민족이나 국토의 일부가 떨어져서 다른 나라에 합쳐졌을 때 그 본디의 나라'라는 사전적 의미에 이미 내포되어 있듯이, 대체 불가능한 특이성singularity을 이미 전제하고 있다. 그리고 주요섭의 경우 '조국'의 각인은 3·1운동으로부터 비롯된다. 1918년 일본 도쿄의 아오야마학원에서 유학 생활을 시작한 주요섭은 3·1운동 발발 직전에 귀국하여, 거사 이후로 김동인과 함께 등사판 지하신문을 발행하여 유포하다 체포되어 10개월 동안 소년감에서 옥고를 치른다.[3] 이후 주요섭은 형 주요한을 따라 1921년 상

---

[3] 주요섭의 친형인 주요한은 이미 1913년에 도쿄 메이지학원 중등부에서 유학을 시작했고, 1918년에는 중학교를 졸업한 후 도쿄 제1고등학교에서 첫 학기를 시작했다. 두 사람은 2·8독립선언 및 3·1운동으로 조선인 유학생 사회에 동맹휴학운동이 일어나자 학업을 중단하고 귀국한다. 주요섭과 김동인은 3·1운동 직후에 귀국하여 '흑접단'(검은나비당)을 조직한 뒤 등사판 지하신문을 발행하다 모두 체포되어 옥고를 치른다. 주요한은 두 사람보다 늦은 3월 10일에 귀국했다. 주요한은 학업을 계속하라는 부친의 권고로 1919년 3월 도쿄로 돌아가지만, 상하이 임시정부 조직 소식을 듣고 5월에 상하이로 떠난다. 주요섭은 출소 후 휴식하다 도쿄에서 반년 간 영어를 배운 뒤, 1921년 상하이로 건너가 형과 합류한다. 두 형제의 동선은 약간의 시간 차이는 있으나, 1940년대 주요섭의 베이징 체류 이전까지는 활동 범위가 거의 일치하는 편이다.

하이로 건너가 곧바로 도산 안창호(1878~1938)가 주도하는 흥사단의 단원이 된다.[4] 요컨대 3·1운동은 한일병합 당시 유년기를 보낸 세대가 비로소 망국亡國과 식민지 통치체제에 대해 명징한 현실 감각을 체득하는 계기였다. 또한 나아가 이들 3·1운동 세대가 한일병합 직후 와해되었던[5] 직전 세대 독립지사들의 투쟁노선을 계승하고 현실 정치에 합류하는 계기가 되기도 했다.[6] 주요섭의 친형이자 3·1운동 이후 상하이 임시정부에 합류했던 주요한이 남긴 다음과 같은 기록은 신민회 세대와 3·1운동 세대가 상하이에서 해후하는 장면을 담는다.

북경로라는 거리에 있는 중국인 예배당을 빌어 도산 선생의 첫 번 연설회가 있었는데, 원래 웅변가로 이름이 있는지라, 당시 상해에 모여든 동포 거의 전원이 참석했다. (…) 나에게는 20년 생애에 처음 가지는 감격이었다. 도산은 이미 10년 전에 본국에서 연설을

주요한의 전기적 기록은 주요한, 〈내가 당한 20세기: 나의 이력서〉, 《주요한 문집-새벽》I, 요한기념사업회, 1982, 23~25쪽 참고.

[4] 최학송은 흥사단 입단이력서를 통해 주요섭이 상하이로 가기 전 일본에서 정칙正則영어학교를 다녔으며, 상하이로 건너간 시점이 1921년 3월임을 확인한 바 있다(최학송, 〈해방 전 주요섭의 삶과 문학〉, 154쪽).

[5] 1911년에 발생한 '105인 사건'이 대표적이다. 총독암살미수 혐의를 빙자하여 독립운동가 105인이 수감되고, 이로 인해 1907년 도산 안창호의 주도로 전국의 애국계몽지사를 망라하여 조직된 비밀결사인 신민회新民會가 해체되어 독립운동이 결정적 타격을 받게 된다. 한일병합이 진행됨에 따라 일본의 감시가 심해지면서 도산 안창호, 성재 이동휘 등을 비롯한 많은 지사들이 이미 미국과 러시아, 중국 등으로 망명한 상태에서, 105인 사건으로 인해 국내에서 활동하던 6백여 명의 신민회원이 검거되면서 국내 독립운동은 침체기에 접어든다.

[6] 정주아, 《서북문학과 로컬리티》, 소명출판, 2014, 83~84쪽 참조.

잘하는 청년으로 이름을 떨쳤다는 소문으로 알았으나, 그 시절 나는 10세의 소년이었으므로 직접 그의 연설을 듣지는 못했던 것이다.[7]

주요한의 회고에는, 그간 소문으로만 전해 듣던 독립지사를 직접 마주한 스무 살 청년의 감격이 묻어난다. 물론 그 감격은 3·1운동 직후의 열기로 달아오른 상하이라는 장소의 특수성과도 공명하는 것이다. 1963년 발간된 《안도산 전서》(삼중당)의 기록이 말해 주듯 주요한은 평생 도산 안창호의 영향을 받았다. 주요섭 또한 형과 마찬가지로 앨범 첫 페이지에 도산의 사진을 넣고 '존경하는 나의 선생님'이라며 추억하곤 했다고 전한다.[8]

물론 이 대목에서 중요한 것은, 비단 주요한·요섭 형제가 도산 안창호의 민족운동 노선과 밀접하게 관련을 맺고 있었다는 사실을 확인하는 데에만 있지 않다. 보다 본질적인 것은 3·1운동을 기꺼이 하나의 '사건'으로 받아들인 청년 집단에게 그것이 각각의 민족주의적 열정을 실천적인 영역으로 옮겨 놓는 결정적 전환점이 되었다는 것을 확인하는 일이겠다. 누군가는 도산을, 누군가는 여운형呂運亨(1886~1947)이나 이동휘李東輝(1873~1935)를 따르게

---

7 주요한, 〈내가 당한 20세기: 나의 이력서〉, 28쪽.
8 "형의 앨범 첫 페이지에는 도산 선생의 사진이 있었고 그 밑에는 나의 존경하는 선생님이라고 쓰여 있었습니다." 피천득, 《인연》, 샘터사, 1996, 192쪽. (이가성, 〈주요섭 문학연구: 해외 체류 경험의 문학적 형상화를 중심으로〉, 14쪽에서 재인용) 주요섭은 1923년 상하이 호강滬江대학교 교육학과에 입학했다. 피천득은 춘원 이광수의 소개로 1926년 상하이로 유학을 떠나 이후 호강대학교 영문학과에서 수학했으며, 주요섭과 친분이 두터웠다.

되는 것이지만, 어떤 노선을 선택하든지 간에 이로써 열정만으로
는 감당할 수 없는 현실의 영역에 진입하는 성장서사가 시작되었
다는 점이 중요하다는 의미이다.

그간 주요섭이 써낸 장편소설은《구름을 잡으려고》(《동아일보》,
1935. 2. 17~8. 4)를 제외하면 크게 주목을 받지 못했다.《일억오
천만 대 일》(1957. 6~1958. 4)과 그 속편 격인《망국노군상》(1958.
6~1960. 5) 등 1950년대《자유문학》에 연재되었던 작품들이 제대
로 정리되지 못한 것이 일차적인 원인이라 하겠으나, 이 두 작품
이《구름을 잡으려고》에 비해 완성도가 떨어진다는 점도 이유가
된다. 주요섭은 본래 '청일전쟁 시기부터 평안도 지방 두 가족의
4대에 걸친 흥망성쇠를 기록'하려는 의도였다고[9] 밝히고 있으나,
냉정하게 보아 작가 주요섭의 실제 경험을 가장 많이 반영하고 있
는 주인공 황보웅덕의 전기를 그려 내는 수준에 머물고 만다.

그럼에도 이 소설의 배경을 이루는 상하이, 미국 캘리포니아,
베이징이라는 장소와 그곳에서 벌어지는 역사적 사건을 경험하
는 주인공의 서사는, 앞서 말했듯 이제 본격적으로 정치사회적
현장에 나선 3·1운동 세대가 그들의 정치적 신념을 투사하는 단
계, 즉 청소년기의 열정을 품고 현실과 부딪쳐 방황하고 좌절하
는 고전적인 성장서사의 사례를 보여 준다는 점에서 의미가 있
다. 본 글은 특히 3·1운동 이후 중국으로 건너간 주요섭이 도산
의 민족운동론인 실력양성론의 자장 아래 놓여 있다는 점에 주

---

9 주요섭,《망국노군상》, 13쪽.

목한다. 후술하겠지만 그간 계급적 모순을 비판한 주요섭의 단편
들은 종종 신경향파 문학 혹은 동반자작가 문학 등으로 논의되
어 왔으나[10] 이는 엄밀하게 말해서 절반만 맞다. 다시 말해 주요
섭 소설의 계급문학적 경향은 실력양성론의 한계를 절감하고 이
를 부정하려는 태도 하에서만 이해될 수 있고, 또한 실력양성론
과 뒤섞인 변형 아래에서 읽어 낼 때 그 특수성이 드러난다.

이 글은 주요섭의 글쓰기를 통해 1920~30년대 미국 캘리포니
아와 중국 상하이에 체류했던 청년 민족주의자의 고민을 들여다
보고자 한다. 자본과 다민족이 모여들어 국제적 시장이 형성되었
던 이들 국가의 주요 도시에서, 민족의 독립과 식민지 조국의 근
대화를 동시에 쟁취하려는 꿈에 대해 이 청년은 어떤 생각을 떠올
렸을까? 이와 같은 질문에 더하여 '외부의 내부'의 심정으로 해외
에 체류했을 때와 고국에 귀국했을 때, 이러한 이동에서 발견되는
'시차視差 · parallax' 또한 이야기해 보려고 한다. 실력양성론이 '근대
화된 민족국가'라는 관념적 이상을 목표로 삼았다고 할 때, 동시
대 중국과 미국에 주인공을 세우고 상상했던 그 이상의 형상은 현

---

10 주요섭의 단편이 계급적 모순과 그로 인한 결핍의 문제를 그린다는 점에서 사회주의
    적 경향을 띠지만 최서해만큼의 현실성은 확보하지 못한다는 점에서 동반자 문학이
    라고 보는 최학송의 견해(최학송, 〈해방 전 주요섭의 삶과 문학〉, 149~175쪽)를 비
    롯하여, 상하이를 배경으로 한 일련의 단편소설에 나타난 계급 비판의식을 바탕으로
    주요섭의 문학을 신경향파 문학으로 설명하는 이승하의 견해(이승하, 〈주요섭 초기
    작 중 상해 무대 소설의 의의〉, 《비교한국학》 제17권 제3호, 국제비교한국학회, 2009,
    399~427쪽) 등을 참조할 수 있다. 그러나 이들은 상하이 지역을 배경으로 한 소설들
    의 경향성이 주요섭 문학에서 일관된 것은 아니며 그의 문학이 지닌 여러 스펙트럼
    의 하나라는 점 또한 인정하고 있다.

실의 형상과 어떤 차이를 갖는지 짚어 보는 것이다. 이로써 한편으로는 독립된 민족국가라는 이상으로서의 '별'을 향한 거리감에 대하여, 다른 한편으로는 그 별을 상상하는 장소 자체가 갖는 특수성까지도 논의할 수 있기를 바란다.

'비분강개'의 열정 그 이후

《구름을 잡으려고》는 '십구세기의 마지막 봄'에 오로지 돈을 벌겠다는 일념 하에 단신으로 미국으로 건너간 준식이 멕시코 농장을 거쳐 미국 로스앤젤레스와 샌프란시스코 등을 전전하며 재산을 모으기 위해 평생을 바쳐 고군분투하는 이야기이다. 준식은 30세에 조선을 떠나 64세로 미국에서 세상을 떠나는데, 대략 1899~1933년 사이의 기록에 해당한다.[11] 첫 장면인 경인철도 부설 공사에서 시작하여 1929년 경제대공황에 이르기까지,[12] 준식의 행적은 조선 및 미국의 주요 사회적인 변동과 겹쳐져 있다.

　이 소설의 집필 동기에 대해 주요섭은 유학 시기에 '수백 명의

11　작중에서 준식은 경인철도 부설 공사 소식을 듣고 제물포에 왔지만 철도공사 인력이 더 이상 필요 없다는 소식에 실망하며 혹시나 하는 마음에 인력사무소를 찾아갔다가 미국행 배를 타게 된다. 경인철도는 1899년 가을에 완공되었다.

12　주요섭이 미국 유학을 떠나 캘리포니아의 스탠퍼드대학교에 입학한 것은 1927년이고, 석사 과정을 수료한 이후 귀국한 것은 1930년이다. 작중에서 준식의 죽음을 1933년 무렵으로 설정한 것은 작가가 귀국할 무렵 목격했던 대공황 사태를 담아내기 위한 것이라 추정할 수 있다.

조선인 노동자'들을 사귀고 같이 일했으며, 대부분 오십을 넘긴 노인들이 틈틈이 들려준 신세타령을 바탕으로 쓴 소설이라 밝혔다. "그들은 모두 돈을 잡어 보겟다고 수륙만리를 머다 안코 간 이들"이며, 이 소설은 '실화'에 가깝다고도 적었다.[13] 실제로 이 소설에서는 조선에서 건너간 초기 이민 세대가 겪었을 법한 지난한 삶의 면모가 그려져 있다. 주인공 준식은 미국행 선박 안에서 인종차별 및 비인간적인 학대를 받는 것부터 시작하여 멕시코 목화농장으로 끌려가 노예 생활을 하게 된다. 겨우 미국에 도착한 뒤에는 벌채꾼, 잡화점주, 포도농장 노동자, 백인 저택의 정원지기, 벼농사, 날품팔이, 채소상점 세척꾼, 조선인 가정 '애보기' 노릇까지 다양한 직종을 전전한다. 이는 국가 차원의 보호라든가 변변한 정보 없이 다만 돈을 벌겠다는 일념으로 미국으로 향했던 한인들에게 주어졌던 현실적인 선택지를 망라한 것이다.

이렇듯 열악한 노동을 감내하면서 미국에 정착한 이민 첫 세대가 훗날 상하이 임시정부를 비롯하여 민족운동 자금을 지원했다는 사실은 잘 알려져 있다. 《구름을 잡으려고》는 한인 사회가 민족의식을 구심점으로 성장해 가는 과정을 주인공 준식을 통해 그려 내고 있다. 이 성장서사의 핵심에 놓여 있는 인물이 '선생님', 즉 도산 안창호이다. '선생님'은 주인공이 일탈의 나락으로 떨어지는 시점마다 등장하여 그를 성실하고 금욕적인 노동자로 되돌려 놓

---

13   주요섭, 〈연재소설예고-장편소설 구름을 잡으려고〉, 《동아일보》, 1935년 2월 16일자, 조간 2쪽.

는 역할을 맡는다.

오로지 돈을 벌겠다는 목표를 향해 우직하게 노동하던 주인 공 준식의 생을 근저부터 크게 흔들어 놓는 사건이 두 번 일어난 다. 첫 번째 사건은 1906년 샌프란시스코 대지진이다. 이 일로 인 해 준식은 미국으로 온 이래 날품을 팔아 마련한 잡화점과 모아 둔 재산을 전부 잃는다. 삶의 희망을 잃고 날품팔이로 번 돈을 도 박과 매음에 탕진하며 3년 세월을 보낸 준식 앞에 '선생님'이 나 타난다. 작가는 준식이 허송세월한 지 3년 후, 즉 1909년 "조선 사람 사회에는 혜성처럼 세 사람의 지도자가 나타낫다"면서, 이 들 지도자의 웅변과 계몽으로 조선인들이 돈을 기부하여 "그 돈 은 ××회가 되고 신×민보가 되고 엎랜드에 새로운 학교로 변하 엿다"고 기록했다.[14] 이들 세 사람의 지도자란 이승만, 안창호, 박 용만을 가리킨다.[15] 이들 가운데 준식은 '선생님'을 찾아가 자신의 신세를 하소연하고, 면담 끝에 방황을 접고 '바른 사람'이 되기로

---

14 주요섭,《구름을 잡으려고》, 177 · 178쪽. 복자 처리된 내용은 1909년 미주의 한인사 회에서 조직된 국민회國民會와 기관지인《신한민보新韓民報》를 가리킨다. 이하 이 소설의 본문에 등장하는 '××회관', '××회비' 또한 '국민회관', '국민회비'로, '×× 보 신문'은 '신한(민)보 신문'이라 유추할 수 있다.

15 박용만朴容萬(1881~1928)은 하와이를 중심으로 '대조선국민군단'을 결성했던 무장 독립운동가이다.《구름을 잡으려고》의 후반부에는 이들 세 명의 지도자가 각각 '장군 님', '박사님', '선생님'이라 불리며 각각의 지지 세력들이 분파를 형성했다는 내용이 나온다(297쪽). 각각의 호칭은 순서대로 박용만, 이승만, 안창호 등을 가리킨다. 그러 므로《구름을 잡으려고》에 등장하는 '선생님'은 일반명사가 아니라 고유명사로서의 도산 안창호이다. 푸른사상에서 발행된 단행본의 편저자인 정정호는 '장군님'이 백범 김구를 가리킨다고 주석에서 언급하고 있으나, 상하이 임시정부 망명 이전까지 백범 의 활동 반경을 감안한다면 무리한 추론이라 생각된다.

국제 노동시장의 경험과 민족주의자의 딜레마 |

결심한다. 1910년 한일병합 소식에 미국 한인 사회가 동요했던 풍경은 다음과 같이 그려져 있다.

선생님은 이삼십 명 되는 조선 노동자들을 한 방에 모하노코 가슴을 치며 통곡하엿다.

노동자들도 모두 울었다. 그리고 다시는 못된 길에 들지 안코 생활다운 생활을 하며 이미 기우러진 ××를 위해 힘을 쓰기를 하눌 앞에 맹세하엿다.

그리고 그 목적을 달하기 위하여는 먼저 경제적 기초를 세우고 그다음에는 배와야 할 것이라구 한다. 그리고 이것을 달하기 위하야는 그들은 방종 생활과 작별하지 안으면 아니 된다는 것이엇다.

뼈가 부러지게 뇌동하자! 뇌동해서는 먹지도 말고 입지도 말고 모두자. 한 사람 두 사람 모두어서는 그것을 다 합해 가지고 회사를 만들자. 그래서 대규모로 돈버리를 하자. 이런 의론으로 선생님은 대중에게 격려하엿다. 타락되엇든 재미 조선 노동자계급에는 일종 새로운 한 힘이 움직이고 잇엇다.[16]

이런 흐름 속에서 준식은 선생님을 통해서 "감정적 열병과 '칠 chill'을 체험"하고,[17] 조선의 국민으로 거듭난다. "당시에 잇서서 국가에 대한 열성은 오직 ××회관의 경상비와 ××민보의 출판비

---

16 주요섭, 《구름을 잡으려고》, 179쪽.
17 주요섭, 《구름을 잡으려고》, 182쪽.

를 부담하는 것으로써 그 빠로메터가 되엇든 것"[18]으로, 이때부터 준식은 또 한 번 삶의 위기를 만나 방황하던 시기를 제외한다면 장차 부랑자의 신분으로 죽을 때까지 이 비용을 부담하게 된다.

준식에게 닥쳐 온 또 다른 위기는 사진결혼으로 맺어진 아내가 갓난아기 '지미'를 팽개치고 젊은 조선인 유학생과 도망을 친 사건이다. 단란한 가족을 꿈꾸었던 준식은 깊이 좌절한다. 그녀가 훔쳐 달아난 돈은 포도농장을 확장하여 남부럽지 않게 살 수 있으리라는 희망으로 그간 저축해 두었던 전 재산이었다. 게다가 지미는 아내가 여덟 달 만에 낳은, 그리하여 준식의 친자인지 아닌지도 불확실한 상황이다. 준식은 낙망하여 도박장을 전전하면서 아들 지미도, 자신의 생활도 모두 방기한다. '선생님'은 이때 다시 등장하여 탈선한 준식을 '본래'의 궤도로 돌려놓는다.

(…) 선생님이 심방차로 스탁톤에 이르럿다. 준식이는 선생님 앞에 어린애처럼 내노코 느껴 울엇다. 선생님의 준절한 책망 마디마다 준식이는 사죄하엿다. 그리고 선생의 간곡한 위로와 교훈을 뼈에 사모치도록 절절히 느끼엇다. 멀리는 ××에 대한 의무, 가까히는 찜미의 교육에 대한 의무! 이런 것들로 선생은 밤을 세워 가며 준식이를 깨우치고 타일럿다.[19]

---

18 주요섭,《구름을 잡으려고》, 182쪽.
19 주요섭,《구름을 잡으려고》, 275~276쪽.

국제 노동시장의 경험과 민족주의자의 딜레마 |

이후 준식은 도박과 술을 끊고 다시 '부지런한 개미'가 되기로 결심한 뒤, 다양하지만 고되기는 매한가지인 노동을 통해 아들의 양육비와 교육비를 댄다. 제1차 세계대전 시기, 캘리포니아의 쌀값이 오르면서 벼농사로 큰돈을 벌 수 있는 기회를 잡고, 뒤이어 흘러든 1919년 3·1운동의 소식, 상하이 임시정부 수립 소식에 그 돈을 나누어 보낸다. 그러나 벼농사의 규모를 저마다 모두 확장한 탓에 쌀값이 폭락하고, 결국 준식은 무일푼으로 날품을 팔아 지미의 생활비를 보조하기에 이른다. 그 와중에도 준식은 "해마다 어김없이 ××회비 십 원과 ××민보 신문 값 십 원, 합하야 이십 원씩을 ××회관으로 보내는 일"을 해낸다. "아버지 된 자로서 자식에 대한 의무, 국민 된 자로서 국가에 대한 의무는 어김없이 지켜 온 것을 준식이로서도 자못 한 가지의 자랑으로 삼엇든 것"이다.[20]

준식의 생을 떠받치는 '선생님'의 가르침은 곧 도산의 실력양성론 혹은 점진론의 요체에 해당한다. 강대국에 대응할 인적·물적 민족 자원을 구축하는 것이 조선의 독립을 앞당기고, 나아가 독립을 유지하여 장차 민족의 소멸을 막는 방법이 된다는 것이다. 실력양성론은 세대를 초월하여 민족을 보존하기 위한 장기적인 구상을 담은 운동론이다. 이에 크게 보아 경제와 교육·언론 분야의 발달에 총력을 기울이고, 이러한 사업은 우수하고 신념이 굳은 인재들을 발굴하여 교육하고 지도자로 훈련시킴으로써 수

---

20 주요섭, 《구름을 잡으려고》, 311쪽.

행된다. 이런 시각에서 본다면 무장투쟁론이나 혁명론이란 아까운 인재들을 단기간에 소모하는 방식이 될 것이다.

　선생님은 준식에게 왜 노동을 해야 하며, 왜 자식을 책임지고 가르쳐야 하는가에 대한 답을 제시한다. 오로지 돈을 모아 보겠다는 단순한 바람을 지녔던 준식은 선생님의 가르침을 통해 가장과 국민으로서의 의무를 다해야 한다는 인식을 깨우치고 이로써 삶의 방향을 부여받게 된다.[21] '지미의 부양과 교육'이란 가장으로서의 의무와 국민으로서의 의무가 서로 겹쳐져 있는 영역인 것이다. 이 소설에 등장한 도산은 준식을 인도하는 절대적 존재이다. 자포자기나 일탈 없이 끝까지 자식 교육에 대한 책무를 다하고 나아가 국민으로서의 책무를 다하는 인간으로 준식을 개조해 놓은 것이 도산이다.

　이민 1세대가 국민으로 거듭나는 과정을 섬세하게 그리는 것

21　구재진, 〈우정과 헌신, 조선 밖에서 조선 국민 되기-주요섭의 미국 이주 서사 연구〉, 《구보학보》 제17집, 2017, 165~194쪽. 구재진은, 〈유미외기留美外記〉와 《구름을 잡으려고》를 통해 주요섭의 미국 이주 서사를 분석한 바 있다. 그는 특히 《구름을 잡으려고》의 경우, 조선인 준식이 조선을 떠나 미국의 노동시장을 전전하면서 만나는 다양한 국가의 하층 노동자들과 동감sympathy을 통해서 '타자적 연대'를 형성하는 "우정의 정치적 가능성"(180)을 구현하고 있다고 본다. 아울러 이 소설이 '조선인 선생님'이 등장한 이후, 오히려 조선의 밖에서 '민족-국가로서의 조선'에 대한 상상력을 키우고 "조선 국민으로서 구성되는 과정"(187)을 보여 준다고 분석하고 있다. 오히려 조선의 밖에서 조선에 대한 민족적 상상력이 극대화된다거나 민족의식의 자각에 있어 '선생님'의 역할이 절대적이라는 분석의 시각은 본 글과 동일한 것이다. 다만 본 글에서는, '선생님'의 서사적 권위를 도산 안창호의 실력양성론의 구체적인 영향력이 현현된 것으로 보았고, 아울러 이 소설이 한인 사회를 중심으로 한 민족의식의 배양 과정을 그렸다는 점은 인정되나, 그 과정에 수반되는 민족주의적 열정의 과잉에 대해 주요섭이 감정적 거리를 유지하고 있다는 사실에 차별을 두어 설명하고자 하였다.

이 《구름을 잡으려고》의 핵심 서사임에 분명하지만, 그러나 이 소설의 진면목은 그 다음 단계에 놓여 있다. 이러한 민족주의적 열정을 바라보는 작가 주요섭의 모호한 태도와 그 감정적 거리이다. 준식의 삶을 바라보는 작가의 태도는 이중적이다. 고된 노동을 감당하면서도 자식과 조국에 대한 의무를 외면하지 않은 그의 충직하면서도 우둔한 삶에 대한 경외가 물론 그 하나이다. 그러나 다른 한편에는 육십 평생을 개미처럼 검소하고 부지런하게, 일탈과 유혹을 경계하며 살았으나 결국은 부랑자로 죽은 그의 삶에 대한 분노와 연민이 자리한다. 준식이 평생 지켜 냈던 신념에도 불구하고 준식의 삶은 행복하지도 않았고 나아진 것도 없었다. 개인의 헌신이 공동체의 더 나은 미래를 약속할 것이라는 선생의 가르침이 아들 지미를 길러 낸 자양분이 되었다고 할 수 있겠으나, 정작 준식의 삶에는 고단함과 허망함만 남았다. 요컨대 국가/민족의 구성원으로서의 헌신과 열정이 당연한 듯 요구되는 상황을 벗어난 자의 시선, 즉 민족주의적 요청을 상대화하는 지점에서 만들어지는 냉소적 시선이 주요섭의 태도 속에서 발견된다는 것이다.

1910년 무렵 재미 조선인 사회에 불었던 '비분강개의 열정'에 대한 서술은, 이 소설 전반에 흐르고 있는 작가의 냉소적 태도를 추측하기에 충분한 근거가 된다. 주요섭은 희망이 없는 생활은 목표가 없기에 방종으로 흐르기 쉽다면서, 이런 방종한 생활을 하는 노동자들은 또한 감정에 치우치기도 쉽다고 했다. 그는 이어 1910년을 전후하여 미국으로 건너간 망명 지사들이 '감정에 흐르기 쉬운 사람들'이며, "당시 조선 사람은 '비분강개'한 언동으로써 한 행세 꺼리로 알 때"라 요약하고, "이 '비분강개'는 조선 노동자들을 감동시키기 가장 쉬운 방도"였던 것이라 이들로 인해서 조선 노동자들이 "집단적 희망과 목표"를 세우기 시작했다고 적었다.[22]

그들은 선생님이 오서서 가슴을 두드릴 때 모두 울고 부르짖고 새로운 결심과 맹세를 한다. 그러나 선생님이 가 버린 후 날이 가고 달이 감에 따라 그들의 맹세와 결심은 열정과 흥분을 조곰씩 일허 버린다. 그래서 그들은 부지불식 중에 다시 또 목표가 없는 되는 대로의 생활로 굴러떨어진다. 그럴 때에는 선생님이 또 한 번 찾어온다. 그래서 그 선생님의 비분강개한 열변을 들을 때에는 그들은 또 한 번 다시 울고 부르짖고 새로운 맹세와 결심을 하는 것이다.[23]

앞서 준식이 도산으로부터 경험했던 '감정적 열병과 오싹함chill'이라든가, 그의 좌절과 재기 또한 이러한 문맥에 놓여 있음은 물론이다. 이 대목에서 여러 차례 등장하는 '비분강개'의 의미는 복잡하다. 그것은 일차적으로 망명 지사와 조선인 노동자들을 규합하여 조선의 국민임을 자각시키고 조직을 만들어 냈던 정동의 핵심인 것이다. 그러나 그 감정은 준식의 삶, 다시 말해 일생을 고

---

22 주요섭,《구름을 잡으려고》, 181쪽.
23 주요섭,《구름을 잡으려고》, 182쪽.

국제 노동시장의 경험과 민족주의자의 딜레마 |

단한 노동에 바치고 결국은 부랑자로 홀로 숨을 거둔 비참을 구
제하지는 못했다.

어쩌면 이 지점으로부터 1927~1930년 사이 공교롭게도 대공
황 시기에 미국 유학을 경험하고 그로부터 자본주의 체제의 밑바
닥을 부유하는 노동자들의 고난을 보았던 주요섭의 시각을 읽어
낼 수 있을 것이다.[24] 민족의 미래라는 숭고한 명분 아래에서 홀로
늙고 죽어간 준식의 삶은 얼마나 고단하고 외로운가. '비분강개의
열정'은 '국민'으로서의 충성을 요구하지만 '헌신'을 요구하는 이
외에 무엇을 해결해 줄 수 있는가. 준식의 시선과 겹쳐져 있기는
하지만, 1920년대 후반 미국 캘리포니아의 동양인들은 국적에 상
관없이 모두 '찰리'(백인들이 동양인을 통틀어 부르는 명칭)라 비하
되고, 백인을 제외한 소수 유색인종들은 하류 직군을 전전하며 생

---

[24] 《구름을 잡으려고》를 재미 이주노동자의 서사로 분석한 선행 연구로는 앞서 구재진
의 논의(각주 21) 이외에도 강정구(〈주요섭 소설에 재현된 코리안 디아스포라〉,《어
문론집》제57집, 중앙어문학회, 2014. 3, 247~274쪽)와 서승희(〈근대 디아스포라에
대한 기억과 재현의 윤리-주요섭의 《구름을 잡으려고》를 중심으로〉,《현대소설연
구》제62권, 2016, 159~185쪽) 등의 논의가 있다. 강정구는 주요섭이 미국과 중국에
서 고학苦學과 신분의 불안정을 체험한 '경계인'이었기에, 가난한 유학생, 이주노동
자, 해외를 떠도는 여성 등 코리안 디아스포라를 구체적으로 포착할 수 있었다고 평
가한다. 한편 서승희는 《구름을 잡으려고》가 지식인이 아닌 하층민-이주노동자의 생
존기를 통해 이주사移住史를 구성하고 있음을 주목하고, 이것이 "자신의 상황과 욕망
을 스스로 논평하지 못하는 존재를 대변하고자 하는 윤리의식"(180쪽), 즉 서발턴의
목소리를 대변하려는 주요섭의 윤리의식에서 비롯된다고 보고 있다. 주요섭의 소설
에서 서발턴의 상호 연대를 집중적으로 논한 또 다른 선행 연구로는 우미영, 〈식민지
시대 이주자의 자기 인식과 미국: 주요섭과 강용흘의 소설을 중심으로〉(《한국근대문
학연구》제17집, 한국근대문학회, 2008, 325~359쪽)를 참조할 수 있다. 그는 〈유미외
기〉나 《구름을 잡으려고》에 나타난 미국은 '착취의 공간'으로서 민족/국가에 대한 정
체성의 형성보다도 "동양인이라는 자기인식"이 "하층계급의 연대의식으로 발전"(349
쪽)하는 계기를 제공한다는 사실을 주목하고 있다.

계를 도모해야 했다.[25] 요컨대 주요섭이 본 미국은 기회의 땅도 세계시민의 땅도 아니고, 다만 민족/인종/계급차별 등 온갖 차별이 현존하는 땅이었던 것이다.

실상 주요섭은 이민 1세대가 이러한 열악함을 감당하며 키워낸 '지미'의 세대에 가까웠음에도, 그 아들 세대는 《구름을 잡으려고》의 주인공이 아니다. 주요섭은, 자신이 속한 청년 세대를 희망적으로 그리지 않았다. 준식의 아들이 속한 '제2세 국민'은 미국에도 조선에도 속하지 못하는 가여운 존재로 언급되고, 작가는 그 자신처럼 고학을 하는 조선인 유학생들은 학문에 대한 열정은 있으나 열악한 재정 조건으로 인해 뜻을 이루지 못하는 존재들이라 염려한다. 이들 세대가 당면한 열악한 현실에는 '비분강개의 열정'이 끼어들 틈이 없는 것이다.

홀로서기 서사의 파편성

《구름을 잡으려고》의 서사를 맺으며 주요섭은 '준식의 죽음은 곧 준식이 한 멤버였던 시대 그 자체의 죽음'이라며, 이어진 '지미

---

25 "로쌘젤스의 직업에는 전 도시를 통하야 민족적으로의 어떤 구별, 곧 전문이 잇는 상 싶엇다. 중국인이면 으레히 세탁소, 요리인이 그 정업이고, 일본인이면 으레히 채소상, 정원꿈이, 유태인은 고물상, 묵서가인은 도로 공부나 전차 선로부, 껌둥이는 으레히 쓰레기통이나 구두닥기나 정거장 짐나르기, 희랍인은 이발사, 애란인은 순사, 인도인은 손꿈이나 관상쟁이."(주요섭,《구름을 잡으려고》, 322쪽.)

국제 노동시장의 경험과 민족주의자의 딜레마 |

의 세대'에 대해서는 적당한 때에 다시 쓰겠다고 적었다.[26] 주요섭이 1920~30년대에 청년기를 맞이한 자기 세대, 본인의 이야기를 장편소설로 써낸 것은 한국전쟁이 훌쩍 지난 1950년대 후반에 이르러서이다.[27] 《일억오천만 대 일》은 한일병합부터 3·1운동까지 황보웅덕과 창덕 형제가 평양에서 겪은 사건을 다룬다. 가장 비중 있는 에피소드는 3·1운동 소식을 듣고 일본 유학에서 돌아온 황보웅덕이 지하신문을 발행하다가 '출판법 위반' 혐의로 체포되어 징역 10개월을 선고받고 소년감에 수감되는 사건이다. 앞서 서술했듯이 이는 3·1운동 당시 작가의 체험에서 나온 에피소드로, 작가가 자신의 생애를 기술하면서 가장 첫머리에 놓은 장면인 만큼 주목할 만하다. 앞서 준식 세대가 조선 국민으로 거듭나는 이야기가 《구름을 잡으려고》라고 한다면, 《일억오천만 대 일》은 이제 도쿄 유학을 작파하고 3·1운동에 뛰어든 황보웅덕, 즉 주요섭 세대가 조선 국민임을 자각하는 이야기라는 의미이기 때문이다. 《일억오천만 대 일》의 속편으로 쓰여진 《망국노군상》도 마찬가지이다. '구한말부터 해방 직전까지 한국 근대사를 배경

---

26 주요섭, 〈作者의 말〉, 《구름을 잡으려고》, 401쪽.
27 실제 주요섭의 전기적 행보는 중국 상하이에서 미국 캘리포니아의 순으로 진행되지만, 이 글에서는 소설의 발간순에 맞추어서 미국 캘리포니아를 배경으로 한 《구름을 잡으려고》를 먼저 다루고, 이후 상하이와 베이징을 배경으로 한 《망국노군상》을 나중에 다룬다. 《구름을 잡으려고》와 《일억오천만 대 일》 및 《망국노군상》의 창작 연대에는 큰 차이가 있고, 특히 후자는 주요섭이 경험한 해방에 대한 소회 또한 확인할 수 있는 텍스트이다. 다만 본고에서는 실력양성론자의 딜레마에 초점을 맞추어 다루기로 하고, 해방기의 체험이 서사에 간섭하는 양상은 다른 지면을 마련하여 논의하기로 한다.

으로 평안도 소재 두 집안의 4대에 걸친 서사를 구상했다'는 당초의 작정과는 달리, 서사의 연속성과 통일성 면에서 본다면 이 두 편의 장편소설은 황보웅덕 형제, 엄밀히 말하자면 황보웅덕의 유년기에서 청장년기까지를 관통하는 일대기라 할 수 있다. 《망국노군상》의 핵심 서사는 상하이에서 중학과 대학을 마치기까지 웅덕이 경험한 첫사랑, 우정의 변질, 민족차별적 현실, 상하이 대파업 사건 등이다.

해방 전 시기를 배경으로 한 주요섭의 장편소설에서 흥미로운 점은, 주인공이 위기를 맞을 때 혹은 선택의 기로에 놓여 있을 때 선생님이 등장하는 반복적인 서사 패턴이 꾸준하게 지속된다는 사실이다. 이미 살펴보았듯이 《구름을 잡으려고》에서는 도산이 이 역할을 담당했다. 《일억오천만 대 일》에서는 고당 조만식이 등장한다. 3 · 1운동 직후 '흑접단' 활동을 하다 '출판법 위반' 혐의로 수감된 웅덕은 상고上告 여부를 고민한다. 그는 소년 '만세범'들과 의논한 끝에 성년감에 수감되어 있는 고당 조만식에게 의견을 묻는다. "학생들이 일즉부터 숭앙하는 인물"이었던[28] 고당이 상고는 일본 법률을 인정하는 태도라 조언하자 어린 만세꾼들은 항소를 포기하고 옥고를 받아들인다.

황보웅덕의 동생인 창덕에게도 유사한 존재가 있어 그를 돕는다. 작중에서 창덕은 어린 시절 사고로 다리에 장애를 갖게 된, 경성에서 미션 계열 의대에 재학 중인 내성적 청년으로 등장한다.

---

28 주요섭, 《일억오천만 대 일》, 280쪽.

호감을 가졌던 여인에게 거절당한 뒤 그는 분노에 휩싸여 날마다 '색주가 순례'를 거듭하다 성병에 걸리게 된다. 창덕의 탈선을 눈치 챈 스승은 그를 불러 한 인간은 남성 정자의 숫자인 '일억오천만 분의 일'의 경쟁을 뚫고 승리한 결과로 살아난 것임을 잊지 말라 당부한다. 이 소설의 표제와 직접 관련이 있는 대목임은 물론이다.

"우리 조선 인구가 몇 명이지?"
"삼천만입니다."
"그러면 지금 자네는 우리 민족 몇 명의 대표자인가?"
… 그의 눈에서는 눈물이 뚝뚝 떨어지기 시작했다.
"…저 하나 때문에 희생된 수억의 생명과 또는 저와 같은 특전을 입지 못하는 수천만 겨레를 위하여 저는 헌신 노력하기로 맹서하였습니다."[29]

마지막으로 《망국노군상》의 초반에 등장하는 에피소드를 하나 더 살펴보자. 소년감에서 출소한 웅덕은 상하이에서 온 신문 기자와 취재차 만난 이후 상하이 임시정부에 관심을 갖게 된다. 독립운동 자금으로 쓸 패물을 국경 너머로 운반해 달라는 이웃의 부탁에 그는 주저 없이 승낙하고 친구와 함께 모험에 나선다. 작가 주요섭이 소년감에서 출소한 이후 도쿄에 돌아가 영어학원에 다니다가 반년 후에 상하이로 건너간 것을 고려한다면, 이 일화

---

29 주요섭, 《일억오천만 대 일》, 55~56쪽.

는 영웅담을 바탕으로 만들어 낸 상상의 산물이다. 무사히 프랑스 조계지의 임시정부 청사에 찾아든 웅덕 일행은 커다란 태극기를 보며 눈물을 흘린다. 이윽고 두 소년은 '안 선생'과 대화를 나눈다. 실력양성론의 핵심 논리를 담고 있는 선생의 가르침은, 독립운동을 마음먹고 상하이로 건너갔던 주요섭이 곧바로 중학교에 입학하여 후장대학에서 교육학을 전공하게 된 실제 정황과 맞물려 있다.

여기는 물가가 싸서 한 달에 일본 돈으로 오 원만 가지면 공부할 수가 있어. 학비, 기숙비 다 합쳐서 말이지. 자네들처럼 중학까지 마친 청소년들은 공부를 계속하는 것이 그 무엇보다도 가장 적합한 독립운동이란 말야. (…) 내 말 좀 명심해 들어 보게. 가령 지금 당장 독립을 한다손 치더라도 독립국가를, 그것도 왕정이 아니고 우리에게 처음인 민주주의 국가를 운영하기에는 각 방면의 기술자가 너무나 부족한 것이 현실이야. 기술자가 거의 없다싶이 하고 또 문맹이 전 인구의 八할 이상을 차지한 현 상태에서 지금 독립을 해도 그 독립을 며칠 유지해 나가지 못하게 된단 말야. (…) 그러니까 자네들 같은 젊은이가 할 일은 공부를 더해서 실력을 길러야 한단 말일세. 가장 시급한 것은 농학, 응용화학, 교육학 등이고 그 다음으로 군사학, 경제학, 정치학, 법학, 외교학, 이 모든 방면의 기술을 가진 사람이 적어도 몇 만 명은 있어야만 우리나라 독립을 유지해 나갈 수가 있다는 말이야. 그러니까 자네들은 자네들이 가진 소질과 취미에 따라 공부를 계

속하는 것이 곧 독립운동일세.[30]

　주인공들이 판단의 기로에 설 때마다 선생들이 등장하는 일련의 삽화들이 모두 사실에 기초한 것인가는 별로 중요하지 않다. 더 중요한 것은, 앞서 살핀《구름을 잡으려고》를 포함하여 이들 서사의 구성 체계가 선생들의 존재와 조력에 의해서만 유지된다는 점이다. 근대소설에 등장하는 사제 구도는 춘원《무정》의 연구를 통해 이미 연구자들에게는 낯익은 도식인데, 주요섭의 소설을 통해 이 구도가 춘원에게만 한정되는 것은 아니라는 사실을 다시 한 번 확인하게 된 셈이다.

　이렇듯 반복되는 사제 구도의 의미는 두 가지 차원에서 이야기할 수 있을 것인데, 모두 신민회 세대에서 3 · 1운동 세대로의 이행이라는 전환기적 국면과 관련되어 있다. 첫 번째로, 이러한 사제 구도는 한국 근대사에서 신민회 세대의 위상, 즉 이들이 민족주의운동의 전략을 기획하고 수행한 첫 세대라는 사실에서 기인한다. 이들 '선생들'은 특히 3 · 1운동 세대에게 있어서 삶의 방향을 지시하는 존재들이다. 주요섭의 소설은 이들 세대의 강력한 영향력 하에서 창작되었다.

　물론 이러한 지시들이 저항 없이 고스란히 수용된 것은 아니다. 앞서《구름을 잡으려고》에서 작가가 보여 준 계급적 냉소와 마찬가지로,《망국노군상》또한 황보웅덕의 시선과 사유를 빌려 실력

30　주요섭,《망국노군상》, 44쪽.

양성론으로는 포괄해 낼 수 없었던 현실 세계의 갈등을 담는다. 민족의 이해관계에 충돌하는 개인의 연애 문제가 그것이다. 이는 중국인 여학생에게 사랑을 느낀 웅덕의 갈등을 통해 조명된다. 웅덕은 중국 여성 미스 후에 대한 자신의 감정을 의식하며 '이국 여성을 사랑하는 것은 조국에 대한 반역'이 아닌지,[31] '결혼 문제보다도 '망국노'를 면하는 일의 시급성'을[32] 두고 고민한다. 이미 웅덕의 동생 창덕이나, 웅덕과 함께 상하이에 입성했지만 기생과의 연애에 빠졌던 친구 강태섭은 방탕한 생활 끝에 매독에 감염되는 서사적 '응징'을 당한 바 있다. 이는 '망국노'임을 자각하라는 초자아가 텍스트 전체에 군림하고 있기에 나타난 현상이며, 웅덕은 결국 중국인 후 양과의 연애를 포기한다.

도산이 조직했고, 주요섭도 가입한 바 있는 흥사단의 기본 이념은 '무실역행務實力行'이다. 이때 무실務實이란 '참', '진리'에 해당하며, 역행(실천)보다 상위에 놓인 개념으로 민족운동에 참여하는 개인의 인격 수양 지침을 가리킨다.[33] 식산과 교육을 통한 점진적 발전을 주장하는 실력양성론의 입장에서 본다면, 해당 과업들은

---

31 주요섭, 《망국노군상》, 84쪽.

32 주요섭, 《망국노군상》, 59쪽.

33 박현환, 《흥사단운동》, 대성문화사, 1955, 31쪽. 청년학우회를 비롯하여 흥사단, 수양동우회에 이르기까지 '무실' 즉, 거짓이 없어야 한다는 주문은 도산의 인격수양론의 첫 번째 조건이었다. 관련 논의로는 정주아, 〈'무실'이라는 자기구원의 이념과 도산의 청년수양론〉, 《서북문학과 로컬리티》, 소명출판, 2014, 163~179쪽 참조.) 한편, 다음과 같은 수양동우회(흥사단 국내지부) 기관지 《동광》의 권두언은 '무실역행'을 근간으로 한 민족운동의 방향을 압축한 것이라 보아도 무방할 것이다.
"거짓말 마사이다 속이는 일 잇사이다/혀 끊어 병열어도, 숨 멎어 죽사와도/거짓말

모두 식민지 체제 내에서 이행될 수밖에 없다. 요컨대 식민지 내부에서 식민지 극복을 위한 과업을 수행해야 한다는 것, 식민지 제도를 통해 식민지를 청산해야 한다는 딜레마에 봉착하기 마련이다. 무장혁명론이 식민제도를 적대화하는 방식으로 분리해 낸다면, 점진론은 식민제도를 공유하기에 분리가 불가능하다. 개인의 차원에서 시작되는 '진실 혹은 참'의 맹세가 가장 중요한 덕목이 되는 이유가 여기에 있다. 민족에 대한 충성의 거짓 없음, 그 진정성 및 순도에 대한 보증은 오로지 개인의 양심에 달려 있다. 민족과 결합된 개인의 충성도가 오염된 현실을 버텨 내는 유일한 버팀목이란 의미이다. 앞서 등장한 '매독'이라는 질병을 통해 구현된 서사적 응징이 이러한 정신적 결벽증의 소산임은 물론이다. 이러한 강력한 초자아에 의해, 주인공은 이국 여인과의 사랑마저도 민족에 대한 배반이자 불순함이라 간주하며 거부한다. '조국의 운명'을 염려하는 마음은 둘 다 마찬가지임을 인정하면서 두 사람의 연애는 파국을 맞는다.

　당신이나 나나가 둘이 다 선진국가에 태났던들 아니 동서양 튀

속이는 일을 다시 하올 우리리까//남이 잘 하옵거든 내 한듯이 깃소리라/불행 잘못 해도 슳허한들 미워하랴/도모지 동족끼리는 사랑 깊게 하리라// (…) 우리가 하올 일이 이도 아니 저도 아니/세상이 떠드는 일 그것도 다 아니로다/個人과 團結을 기름 이뿐이라 하시오//뿌리 없는 낡을 싫어온지 몇十년고/基礎 안논 집을 세울 공론 그만하소/밭브다 하옵길래로 힘을 먼저 기르소//힘이란 무엇인고 個人의 힘 團結의 힘/힘 가진 個人이 굳게 뭉친 큰 團結이/이는 때 바로 그때에 큰일 절로 일리라(春園, 〈우리의 뜻〉,《동광》31, 1931. 5, 1쪽).

기들의 도시인 상해에서 영주해도 무방할 수 있는 처지에 처했다고 하면 우리도 행복할 수 있을 것입니다. 그러나 불행인지 행인지 당신이나 나는 우리들 개인의 운명보다도 조국의 운명을 더 중요시하지 않을 수 없는 처지에 놓여 있습니다.[34]

사제 구도의 반복 현상이 갖는 두 번째 의미는 앞서 신민회 세대가 민족주의운동의 전략을 기획하고 수행한 첫 세대라는 이유보다 더 안타깝고 본질적인 문제이다. 민족 대 계급, 민족 대 개인 등의 범주에서 스승 세대의 전략과 수행 방침의 유효성에 의구심을 갖는다고 하더라도, 점진적 민족주의운동의 차원에서는 현실 변화에 대처할 만한 새로운 운동 방략이 요원하다는 것이다. 요컨대 시효가 만료된 운동 방식에 대한 비판은 가능하지만 차후의 운동 방향을 설정하지는 못했다는 의미이다.

주요섭이 자기 세대의 이야기를 다룬 《일억오천만 대 일》, 《망국노군상》 등에 이르러 통일된 서사 구성에 실패하고 마는 것은 바로 이러한 증상의 일환이다. 이 소설은 3·1운동 이후 상하이 임시정부에 합류하여 도산의 교육철학에 따라 학업을 진행하는 웅덕의 유년에서 청년기까지의 서사를 제외하고 나면, 뚜렷한 인물관계나 핵심적인 사건이 없다. 당초 4대에 걸친 가족 연대기를 목표로 하고, 창덕의 쌍둥이 형제나 변절한 옛 친구 등 다양한 인물 군상을 구상해 두었음에도 불구하고, 그들로 서로 엮어 낼 관

---

34 주요섭, 《망국노군상》, 144쪽.

국제 노동시장의 경험과 민족주의자의 딜레마 |

계와 갈등을 만들어 내지 못한다. 즉, 스승의 가르침을 토대로 나아간 미래상을 제외하면, 그 가르침 밖에서 홀로서기를 하면서 부대꼈던 당대의 현실적 시간의 파편성을 감당해 내지 못하는 것이다. 앞서 《구름을 잡으려고》의 서사 구도가 완결성을 갖출 수 있었던 것도, 앞서 살폈듯 도산의 가르침을 축으로 삼아 준식의 삶에 담긴 방향성을 의미화할 수 있었기 때문이다. 이에 비록 양가적인 태도일망정 미국 이민 1세대 노동자 준식의 삶은 도산의 가르침 아래 완결된 성장서사 구도도 재현될 수 있었던 것이다.

해방 이전의 시공간을 배경으로 한 주요섭의 장편소설은, 상하이에서 미국으로 이동했던 주요섭 자신의 삶의 궤적이 아니라 미국에서 상하이로 이동했던 도산의 이동 궤적을 따라 발표되었다. 이를 두고 단순한 우연이라 말할 수도 있겠다. 그러나 도산 세대의 간섭도에 따라 소설의 완성도가 결정된다는 사실은 부인하기 어렵다. 요컨대 그 자신이 속했던 시대를 아우를 만한 자체적인 시각을 마련하지 못했다는 것, 신민회 세대가 전하는 민족주의 운동론의 현재적 유효성에 의문을 제기하면서도 후속 세대로서 그를 대체할 운동 방법을 찾아낼 수 없다는 한계의 확인, 이것이 주요섭의 장편소설이 갖는 시대적 · 세대적 의의라 할 것이다.

민족과 계급 사이에서

미래에 대한 전략의 방향을 스스로 제시할 수는 없으나, 스승의 세대로부터 전해진 전략이 현실에 잘 맞지 않는다는 사실을 감지한 자의 불안과 불만, 주요섭의 소설은 그 증상을 대표한다. 도산의 민족주의운동은 앞서 엘리트 육성과 그로 인한 자체적인 산업 체계의 양성을 기조로 했던 신민회 운동의 연장선상에 있지만, 식민지가 된 영토에서 교육을 받고 산업을 양성한다는 현실적 제약에서 자유로울 수 없기에 항상 회의의 대상이 되었다. 아울러 1920년대 초·중반 상하이 임시정부에 공산주의 분파가 생겨났던 것과 마찬가지로, 국내에서도 민족주의운동 노선은 마르크시스트들에게 공격의 대상이 되었다. 산업과 지도자 육성이라는 실천 방향이 자본 수탈의 피해자로 전락한 대다수 조선인 농민과 노동자의 현실적인 모순을 외면한다는 비난을 피할 수 없었기 때문이다. 사회주의자의 입장에서 본다면, 실력양성론이란 소수 엘리트를 중심으로 부를 축적한다는 부르주아지의 이데올로기나 다를 것이 없었다.

다음과 같은 주요한의 고민은 실력양성론자의 고민을 압축해서 보여 준다.

평양의 고무 공업계에 두 번째 총파업의 조짐이 잇는 것은 불행천만이다. (…) 조선의 노동운동의 건전한 발달을 위하야 그리고 조선의 정치선상에서의 공인계급과 신흥 상공계급의 공동전선의 결성과 유지를 위하야 가장 현명한 일반적 원측이 세워짐이 필요하다. 신간회가 생존당시에 평양 파업을 처결 못한 것이 해소죄목의 하나로 들리엇거니와 오늘에 잇어서도 이 형세를 자연발생적 란투 상태에 버려 둔다는 것은 민족적 입장에서 불가한 일이다.

오늘날 노동쟁의와 학교쟁의가 관공사업이나 또는 일본인의 경영하는 긔관에서 덜 생기고 조선인 경영의 긔관에서 많이 생기는 것은 그 쟁의가 저항력이 비교적 적은 곳으로 향하는 까닭이다. 거기는 일방으로 좌익주의자들의 소아병적 병통이 문제될 것이요 또 신흥 상공계급의 무자각을 한탄 아니할 수 없다.[35]

평양의 고무 공장은 김동인의 형이자 동우회 수장이었던 김동원金東元의 사례가 보여 주듯이, 실력양성론자들이 힘을 쏟아 설립한 식산운동의 상징적 결과물이다.[36] 이러한 평양의 고무 공장에서 일본인 공장과 마찬가지로 조선인 노동자들의 총파업이 일어난다는 것은 평양의 민족주의 진영에게는 당혹스러운 일임에 틀림없었다.[37] 주요한은, 일본인 사주보다 저항이 덜한 조선인 사

---

35 주요한, 〈時話-平壤고무工界의 動搖〉, 《동광》 35, 1931. 9.

36 이균영에 따르면 평양은 1910년대에 일본 상업 및 공업 자본가의 이익단체가 총독부의 인가를 얻어 활동하고, 이에 상응하여 '열렬한 민족사상의 함양지'로서 일정한 민족자본이 형성된 곳이기도 했다. 조선인 경영 부문은 정미·양말·고무산업이었고, 1920년 8월 평양에서 조만식, 김동원, 김성업, 김형식 등 70여 명의 평양 유지들에 의해 처음 시작된 물산장려운동은 '자작자급', 즉 조선이 빈약해진 원인이 자작자급이 되지 못한 데에 있으니 부득이한 물품 외에는 자작자급하되 나아가 상공업에 착수하여 실업계의 진흥을 꾀하자는 방침을 내걸었다. 이후 다른 지방에서 물산장려운동이 침체되었을 때에도 평양에서는 거의 물산장려를 호소하는 캠페인이 벌어졌을 만큼 평양 지역 부르주아민주주의 세력의 '상대적 견고함'을 볼 수 있다고 하였다(이균영, 《신간회연구》, 역사비평사, 1993, 301~302쪽).

37 평양 지역의 노동자 파업은 1923년 양말 공장의 파업으로부터 노사의 계급적 갈등이 첨예한 상태가 되었다고 한다(이균영, 《신간회연구》, 302쪽). 다만 평양 지역 노동자 파업을 받아들이는 공장주 반응에 있어 이채로운 장면이 있어 주목된다. 이균영에 따르면 '파업 노동자의 요구가 당연한 것이니 이를 받아들여야 한다'거나, '파업이 끝

주의 공장에서 쟁의가 빈발한다는 사실을 한탄하고 있다.

조선인 노동자, 조선인 프롤레타리아 계층을 포괄할 방법이 기본적으로 우승열패의 진화론적 구도에서 태어난 실력양성론에는 마련되어 있지 않았다. 프롤레타리아는 계급이기에 앞서 민족의 일원이며, 민족 중 실력이 있는 자는 지도자가 되고 나머지는 훌륭한 지도자의 계몽과 인도에 따라야 하는 존재로 상정되어 있을 뿐이다. 이러한 인고의 과정을 통해 독립적이며 지속적인 정치체제가 마련되기 전까지는, 재미 조선 노동자 준식이 그러했듯이 프롤레타리아에게는 민족을 위해 인내하며 노동하는 길밖에 없었던 것이다. 혁명투쟁론의 일시성과 소모성에 대한 대항 담론으로 마련된 실력양성론은 분명 먼 미래를 포괄하는 기획이었으나, 이제 도산의 세대를 뛰어넘어 식민지 수탈체제가 심화된 조선에서 생겨난 변화 앞에서 너무 관념적이고 이상적인 기획이라 비판을 받기에 이르렀던 것이다. 앞서 인용한 주요한의 탄식은 그가 이러한 현실적 곤경을 타개하기 위한 방법론으로 흥사단의 전체 입장과는 달리 조선판 국공합작이라 할 수 있는 신간회 운동에 기대를 걸었던 정황을 보여 준다. 주요한은 1927년 조직된 신간회 평양지회의 대표회원이기도 했다.[38]

난 후에 공장 노동자들의 야학을 지원한다'는 등의 공장주들이 있었다고 하는데(이 균영,《신간회연구》, 302쪽) 이는 노사문제에 있어 여전히 민족주의적 관점에서 접근 하는 공장주들이 존재했다는 사실을 보여 준다.
38 이에 대해 이균영은 평양지회 설립을 이른바 '민족 진영'이 주도했다는 사실을 보여 주는 근거로 해석했다. 회장 조만식을 비롯하여 주요 간부 및 회원들은 지역 내 민족 운동 지도자 및 평양청년회·평양기독교청년회나 대성학교 출신의 대성학우회 소속

국제 노동시장의 경험과 민족주의자의 딜레마 |

주요섭의 장편소설에서도 점진적 민족주의 노선의 한계를 체감하고 계급적 모순을 비판하는 인식은 쉽게 확인된다.《망국노군상》에는 상하이의 총파업에 동참하여 중국 학생들과 연합하여 시위를 돕고 파업을 지원하는 웅덕의 모습이 그려진다. 이는《구름을 잡으려고》에서, 민족을 위해 평생 헌신했지만 자본주의의 심장부에서 하층 노동자로 비참한 최후를 맞았던 준식을 바라보았던 작가의 시선과도 공명하는 것이다. 앞서 중국 여학생과의 연애 문제가 사적인 차원에서 민족의 테두리를 벗어나는 상황이었다면, 상하이의 노동자 총파업은 또한 계급적 모순에 의해 착취당하는 노동자의 문제로서 민족을 초월한 사회문제가 된다. 사적인 차원에서 도산의 인격수양론은 개인의 자유를 제한하고, 사회적인 차원에서 도산의 실력양성론은 계급적으로 착취당하는 노동자들의 문제를 포괄하지 못한다. 상하이를 배경으로 주요섭이 발표했던 일련의 단편들, 〈살인〉(《개벽》, 1925. 6), 〈개밥〉(《동광》, 1927. 1) 등에서 '신경향파' 문학으로의 경사를 읽어 내는[39] 이유가 여기에 있다.

그러나 앞서《구름을 잡으려고》가 준식을 제국주의 시장에서 고통받는 노동자계급의 일원으로 그리되, 그 원인을 힘없는 조선인이라는 소수민족의 일원이라는 데에서 찾는다는 점을 잊어서는 안 된다. 즉 계급문제와 민족문제를 분리하지 않는 태도가 특

인물들이었다(이균영,《신간회연구》, 306~307쪽).

[39] 이가성, 〈주요섭 문학연구: 해외 체류 경험의 문학적 형상화를 중심으로〉, 24쪽.

징적인 것이다. 상하이라는 또 다른 제국 자본주의의 각축장에서 벌어진 노동자 총파업을 바라보는 주요섭의 시각 또한 마찬가지이다. 주요섭은 상하이 총파업의 상황을 다룬 한 기고문에서, 상하이의 열세 곳 일본인 경영의 직조 공장이 동맹파공을 했으며 이에 일본인 노동자와 중국인 노동자의 집단 린치와 감정적 대립이 격화된 상황을 문제 삼는다. 그로부터 주요섭은 "「만국의 노동자여 단결하자」는 것도 이상에 불과하며 도저히 불가능한 것"이라며, 이러한 사태는 "「朝鮮人 로동자도 日本人 로동자도 단결하여야 한다」구 멋도 몰으고 써들던 一部 소위 有志에게 큰 교훈이 될 터"이고, "아무리 둘이 다 피착취계급에 있다고 해도 하나는 특수 대우를 받고 하나는 더 참혹한 대우를 받는 이상 계급이 도저히 합할 수가 없는 것은 정한 이치"라 분석했다.[40] 계급문제에서 민족문제를 분리하기란 불가능하다는 사실을 확인하고 있는 것이다.

제국의 자본에 잠식된 조선의 생산업과 그에 종사하는 노동자의 문제는 민족주의 진영에서도 자연스럽게 문제가 될 수밖에 없었다. 이에 민족주의운동 진영과 사회주의운동 진영의 '민족협동전선'이었던 신간회는 민족과 계급을 포괄함으로써 기존 민족주의운동의 답보 상태를 벗어날 새로운 운동 방법론으로 환영받았던 것이고, 1920년대 후반 주요한과 주요섭이 보여 주는 '탈흥사단 노선' 및 사회주의적 경사는 이러한 맥락에서 이해가 가능하

---

40 주요섭,〈上海片信〉,《개벽》58, 1925. 4, 52쪽.

다.[41] 이러한 관심은 수양동우회 기관지였던 《동광》이 신간회가 해소된 직후임에도 〈노동문제개관〉 특집을 통해 '단결권과 파업권', '최저임금과 시간 제한', '실업 구제', '재해 보상과 보건', '소년과 여자 노동 보호' 등의 이슈를 포괄적으로 다루었던 사정과도 관련된다.[42]

주요섭이 미국이나 상하이 등의 국제도시에서 본 현실은 냉혹했다. 그는 민족 및 인종차별과 계급차별 아래 무고한 생명들이 착취 끝에 희생되지만, 이렇듯 희생되는 생명에 대해 아무도 신경을 쓰지 않는 현장을 보았다. 소수민족이 밀집한 인종 전시장 캘리포니아에서는 돈을 좇아 방황하던 이들이 결국엔 철저한 단독자로 죽음을 맞이하는 광경을 보았고, 망국의 민족들이 모여든 상하이에서는 '지사의 땅'에 걸맞게 신념을 위해 투쟁하다 희생되는 청년들을 만났다. 이렇듯 '조국'의 밖에서 그는 '망국노'를 벗어나기 위해 '민족의 보존'을 위한 경쟁력의 확보와 투쟁을 해야 하는 이유를 확인했고, 나아가 좀 더 넓은 인류애 차원에서의 연대가 필요한 이유를 동시에 배웠다.[43]

그러나 그의 지식과 깨달음은 오랜 해외 유학을 마치고 비로

---

41 기왕에 주요한이나 주요섭이 홍사단에서 이탈하여 사회주의에 공감하였다는 논거로 쓰인 〈동우회사건 기소문〉은 신간회 운동과의 관련성 속에서 해명되어야 하는 사안이다. 이를 두고 "실력양성론에 반기를 들고 홍사단이 사회주의로 이행하여 직접적 혁명운동을 할 것을 주장"(최학송, 〈해방 전 주요섭의 삶과 문학〉, 157쪽)한 증거라는 분석은 지나치게 단정적인 판단이라 생각된다.

42 〈동광대학강좌-노동문제개관〉, 《동광》, 1931. 7, 90~93쪽.

43 이러한 '연대'의 성격을 이주노동자 및 서발턴의 상호 연대로 독해한 선행 연구들(각주 24 참고) 이외에, 정정호는 이를 동포 간의 사랑, 이방인과의 박애주의적인 사랑,

소 조국에 돌아온 순간 환멸로 뒤바뀌고 만다.《망국노군상》의 주인공 웅덕은 상하이대학에서 교육학 석사를 받고 평양에 돌아와 '평양이 낳은 세계적 대학자'라는 환영을 받는다. 웅덕은 일본인에게 조선인이 노골적으로 멸시를 받는 상황에서 "일본인만큼한 수준에 도달한 사람이 있거나, 일본인보다 더 나은 사람이 있을 때 조선인은 전 민족적으로 만족과 환희와 감격을 느끼는 것"이라[44] 이해한다. 그는 '불순한' 상하이에서 유학한 탓에 총독부 학무국에서 발행하는 교원자격증을 받지 못한 탓에 당초 희망했던 교원이 되지 못한다. 대신 강연을 해 달라는 여성단체의 요청이나 관서 지방의 종합지 발행을 지원해 달라는 요청 등을 받아들인다. 그는 경찰의 위협을 감수한 채 기꺼이 이들 단체의 활동에 참여하지만, 곧 자신의 강연을 빌미로 여성단체가 노골적으로 모금을 진행했다는 사실, 잡지 기획자들이 자신을 내세운 채 뒤로는 찬조금과 광고비를 강요하고 정작 잡지에는 일본인들의 원고와 상품 광고를 실었다는 사실 등을 뒤늦게 알게 된다. 그는 환멸과 절망에 빠져 다음과 같이 한탄한다.

"왜놈이 받아 주지 않는 것은 당연한 일이겠거니와, 같은 동족이 위선과 이용거리로만 대해 주는 그 괘씸한… 지금이 강산도 많이

가족 간의 사랑이라는 정情의 양상으로 독해하기도 한다(정정호, 〈주요섭 문학에 나타난 정의 윤리와 사랑의 원리: 장편《구름을 잡으려고》의 기독교적 읽기 시론〉,《비교문학》제61집, 한국비교문학회, 2013, 303~328쪽).

44 주요섭,《망국노군상》, 194쪽.

변했고 사람들의 변화는 너무나 비참한 것이었다. '결국 나는 영원한 방랑자!' 눈물이 좌르르 흘러내렸다."[45]

결국 그는 '20년 전 망명객들의 심정을 이해할 수 있을 듯한 느낌'으로 다시 봉천행 급행차를 타고 조국을 등진다. 조국을 위해 일해야 한다는 마음으로 7년 전 떠났던 길을, 이제는 '동포에 대한 환멸'을 안고 조국에 철저하게 실망한 채로 떠나고 있는 것이다. '민족'도 '계급'도 이 환멸 앞에서는 그 빛을 잃는다.

별빛의 출발점과 시차

미국 캘리포니아 지역과 중국 상하이 및 베이징을 배경으로 한 주요섭의 장편소설은 그 전 세대에 평양 지역을 장악했던 도산 안창호의 정치적 영향력 하에서 창작되었다. 이들 공간은 한인들의 독립투쟁사 속에 살아 있는 역사적 공간들이며, 이 때문에 주요섭의 글쓰기는 기왕의 정치 전략과 조국의 현실적인 문제 사이에서 동요한다.

평생을 재미 조선인 노동자로 살았지만 끝내 조국의 보호나 도움을 받지 못하고 홀로 죽어간《구름을 잡으려고》의 주인공 박준식은 자신의 삶을 '구름을 잡으려 했던 것'에 비유한다. 대공황의

---

45   주요섭,《망국노군상》, 208쪽.

한가운데에서 날품을 팔면서도 국민회의 회비와 《신한민보》의 신문 값을 꼬박꼬박 물어냈던 그에게는 개인의 행복은 물론 조국의 독립까지도 마치 잡힐 듯한 구름처럼 보였던 것이다. 이 환상은 도산을 비롯한 우국지사들의 '비분강개'가 아직 유효한 미국 땅에서 생애를 보낸 이민 첫 세대였기에 가능한 것이었다.

반면 상하이 임시정부로 건너간 열아홉 살 청년의 경험 속에 펼쳐진 조국의 형상은 다음과 같이 서술된다.

"방금 죽을런지도 모르는 몸으로 별을 쳐다보며 걷는 뱃심. 그 많은 별 중 더러는 수억 년 전에 벌써 그 존재가 없어져 버렸을런지도 모를 일이 아닌가? 지금 본체는 없어지고, 없어지기 전에 발산한 빛을 그는 보고 있는 것이 아닐까?"[46]

1927년 중국의 국공연합군이 군벌을 제압하고 상하이를 점령했으나, 곧이어 연합군이 분열하여 국민당 소속 군인들이 공산당을 무차별 토벌하던 밤에 나온 서술이다. 생명의 위협을 감내하며 타국을 떠도는 많은 지사들의 대열에 합류한 처지에서, 주인공 웅덕은 드높은 꿈과 이상의 결정체로서 '별'의 본체는 이미 오래전에 사라졌을지도 모른다고 말하고 있다. 당초 자신을 이끌었던 별은 존재하기는 했던 것인지, 본체가 없어지기 전에 발산한 빛을 보고 별이 있다고 착각하는 것은 아닌지를 스스로 되묻는다.

---

46 주요섭, 《망국노군상》, 189쪽.

이는 절대적 이념을 지향하는 삶의 형식을 살고 있기에 가능한 질문이다. '별'의 본체와의 관계를 염두에 두고 그의 삶을 따라 읽는다면 어떤 해석이 가능할까. 투쟁이 진행 중인 땅 상하이에서 바라보는 조국이란, 비분강개의 열정으로 투쟁이 진행된 땅인 미국에서 바라보는 조국의 환상에 비한다면 그 실체조차 장담하기 어렵다. 그만큼 실체로서의 조국에 대한 실감이 멀어진 탓이고, 현실에 걸맞은 투쟁 방법론을 마련하는 일이 막막했던 탓이기도 하다. 또한 그 '별'의 본체는, 앞서 살폈듯 오랜만에 귀환한 조국의 고향 땅에서도 확인할 길이 없는 것이었다. 해외를 떠도는 '내부의 외부'로서 언제나 그리워하던 고국의 동포들은 정작 그의 애틋함과는 상관없이 냉정하게 이익을 추구하며 숭고한 대의나 명분을 쉽게 저버리기도 하는 존재들이었기 때문이다.

그러므로 주요섭의 장편소설은 별빛의 기원에서부터 거리가 멀어질수록 도리어 그 빛의 실체성을 믿게 된다는 역설의 산물이라 할 수 있다. 미국 캘리포니아와 중국 상하이를 두 축에 놓고 본다면, 동일한 별을 보고 있음에도 이민 1세대의 땅인 미국에서 체감하는 별빛이 더 밝고 뚜렷하다. 만일 해외와 국내를 두 축에 놓고 본다면 해외를 떠도는 방랑자의 눈에 보이는 별빛이 더 명료해 보인다. 주요섭의 장편소설은 이렇듯 '조국'이라는 별이 만들어 낸 빛을 따라 세계의 여러 장소를 떠돌았던 어느 민족주의자가 남긴 그 빛의 환상과 허망함에 대한 소회를 기록한 산물이라 할 수 있을 것이다.

참고문헌

사료

주요섭, 《구름을 잡으려고》, 푸른사상, 2019.
_____, 《일억오천만 대 일》, 푸른사상, 2019.
_____, 《망국노군상》, 푸른사상, 2019.
《동아일보》, 《동광》, 《개벽》

단행본

박현환, 《흥사단운동》, 대성문화사, 1955.
이균영, 《신간회연구》, 역사비평사, 1993.
정주아, 《서북문학과 로컬리티》, 소명출판, 2014.
주요한, 〈내가 당한 20세기: 나의 이력서〉, 《주요한 문집-새벽》 I, 요한기념사
　　업회, 1982.

논문

강진구, 〈주요섭 소설에 재현된 코리안 디아스포라〉, 《어문론집》 제57집, 중앙
　　어문학회, 2014. 3, 247~274쪽.
구재진, 〈우정과 헌신, 조선 밖에서 조선 국민 되기-주요섭의 미국 이주 서사
　　연구〉, 《구보학보》 제17집, 구보학회, 2017. 6, 165~194쪽.
서승희, 〈근대 디아스포라에 대한 기억과 재현의 윤리-주요섭의 《구름을 잡
　　으려고》를 중심으로〉, 《현대소설연구》 제62권, 현대소설학회, 2016. 6,
　　159~185쪽.
우미영, 〈식민지 시대 이주자의 자기 인식과 미국: 주요섭과 강용흘의 소설을 중
　　심으로〉, 《한국근대문학연구》 제17집, 한국근대문학회, 2008. 10, 325~359
　　쪽.
이가성, 〈주요섭 문학연구: 해외 체류 경험의 문학적 형상화를 중심으로〉, 서
　　강대학교 석사학위논문, 2018.
이승하, 〈주요섭 초기작 중 상해 무대 소설의 의의〉, 《비교한국학》 제17권 제3

호, 국제비교한국학회, 2009.12, 399~427쪽.

정정호, 〈주요섭 문학에 나타난 정의 윤리와 사랑의 원리: 장편《구름을 잡으
　　려고》의 기독교적 읽기 시론〉,《비교문학》제61집, 한국비교문학회, 2013.
　　10, 303~328쪽.

최학송, 〈해방 전 주요섭의 삶과 문학〉,《민족문학사연구》제39호, 민족문학사
　　학회, 2009. 4, 149~175쪽.

김주영 소설에 나타난
이질적 타자로서의 여성과 (탈)근대성
: 1970년대 소설을 중심으로

홍단비

| 이 글은 《어문연구》 제48집(2020)에 실린 글을 보완하여 재수록한 것이다. |

1970년대 근대주의적 남성서사와 미끼로서의 여성

1960년대 박정희 체제는 산업 경제개발을 필두로 하여 '마이 카' 시대의 도래와 새로운 유토피아의 건설을 약속했지만, 1972년 10월 유신체제를 선언하며 동시에 정치적 억압을 가하기 시작한다. '한강의 기적' 아래 국민들의 GDP는 급격히 성장했으나 저임금 정책, 인권 탄압 등 극심한 계급 갈등이 빚어졌고, 물질만능주의, 계층의 분화, 가족주의의 해체와 인간소외 등 많은 사회적 혼란을 야기시켰다. 시대적 불안과 혼란 속에서 민중은 개인을 위무해 주고 우리 민족을 진정한 유토피아로 이끌어 줄 새로운 상징질서를 필요로 했다. 이러한 사회적 자장 안에서 근대화에 대한 우려와 비판의 목소리는 이문구, 이청준, 김승옥, 황석영, 최인호 등의 시선을 통해 다양한 군상들로 형상화되었고, 이들을 주축으로 1970년대 근대 문학담론이 형성되어 왔다. 1971년 단편소설 〈휴면기〉로 등단한 이래 10년 동안 30여 편의 중·단편을 쏟아내며 왕성하게 활동한 김주영 또한 이들 작가들과 문학적 흐름을 같이한다.

김주영의 소설은 70년대 산업화 사회와 속물적 속성에 대한 비판과 저항의식을 바탕으로 한다. 그의 소설은 도시인의 세계에 편승하고자 하는 '촌놈들의 실패담'과 기존의 사회질서에 저항하는 '악동들의 성장서사'로 귀결될 수 있는데, 거친 욕설, 노골적인 성행위 묘사와 더불어 '익살과 해학이 얽힌 특유의 만연체'[1]와 '풍자의 적정선을 넘어설 정도의 악의와 비아냥거림'[2]은 김주영 문학을 규정 짓는 중요한 특질로 자리매김하였으며, 풍자와 관련된 서술기법[3]과 반反성장소설로서의 성장소설[4]에 관한 논의들이 주요 담론을 형성하여 왔다.

이처럼 '풍자'[5]와 '반전'을 주 무기로 장착한 김주영의 소설은 물질주의가 만연한 당대 현실과 '제 꾀에 제가 넘어가는' 기회주의적 인물들을 거침없이 조롱하고 비웃는다. 반면 '젖과 꿀이 흐르는' 도시의 유혹 앞에서 이용당하고 버려지는 하층민의 고달픔과, 그럼에도 불구하고 도시로의 재진입을 꿈꾸거나 반대로 전통적인 가치관을 고집하는 민초들을 연민의 시선으로 끌어안는다.

---

1 김주연, 〈어릿광대의 사랑과 슬픔〉(해설), 《도둑견습》, 문이당, 2011, 232쪽.
2 김만수, 《〈집〉과 〈여행〉의 단편미학》, 《작가세계》 11호, 작가세계사, 1991, 51쪽.
3 김사인, 〈풍자와 그 극복-김주영의 초기 단편〉, 《한국문학전집 36》, 삼성출판사, 1993, 390~398쪽; 김주연, 〈諷刺的 暗示의 소설수법〉(해설), 《김주영 중단편전집 1: 도둑견습》, 범우사, 1979; 양선미, 〈김주영 소설 창작 방법 연구〉, 《인문논총》 제35집, 경남대 인문과학연구소, 2014, 33~52쪽.
4 박성원, 〈반(反)성장소설 연구: 김주영과 최인호 소설을 중심으로〉, 동국대 석사학위논문, 1999; 박수현, 〈거부와 공포-김주영의 단편소설 연구〉, 《인문과학연구》 40, 강원대 인문과학연구소, 2014, 83~109쪽; 장경렬, 〈반(反)성장소설로서의 성장소설〉, 《작가세계》 11, 1991; 최현주, 〈김주영 성장소설의 함의와 해석〉, 《한국언어문학》 47, 한국언어문학회, 2001, 501~516쪽; 한영주, 〈김주영 성장소설 연구: 부권 부재 상황을 중심으로〉, 중앙대 석사학위논문, 2009.
5 풍자는 이상과 현실, 본질과 현상 간의 불일치를 인식하는 것에서 출발하여 '웃음'으로서 권위적 질서를 균열시키는 방법이다. 풍자는 소속된 집단의 정치적 이데올로기가 이에 위배되는 표현을 허락하지 않을 때, 곧 참여문학의 한 변형으로서 존재의의를 가지며 웃음을 유발한다. 김윤식, 〈풍자의 방법과 리얼리즘〉, 《현대문학》, 현대문학사, 1968, 305쪽.

김주영은 초기작부터 의리 이데올로기를 내세움으로써 장차 그의 문학이 동양적 전통의 웅자雄姿한 남성문학으로 확고하게 자라날 기초를 다져 놓았다. 가진 자와 권력 있는 자들의 위선과 허욕에 토악질하며, 기층 민중은 참사랑의 시각으로 껴안는 소설, 그것은 의리의 소설이며, 소설의 옳은 길이다.[6]

야성주의란 선생님 소설만이 아니라, 이문구, 황석영, 윤흥길 선생님과 같은 세대 작가들의 소설에서 널리 나타나는 것이지요. 그리고 그것은 70년대 소설에 성립된 민중 관념의 중요한 속성이기도 합니다. 야생적 삶의 발견은 문학사적으로 확실히 중요한 사건입니다. 그 발견은 사람들을 문화적으로 동질화하는 서울 또는 근대의 권위에 맞서서 자신들의 고유한 방언과 야사를 회복하려는 노력이 시작되었음을 알려준다고 생각됩니다.[7]

위의 서평에서도 알 수 있듯이, 김주영의 소설은 동시대 작가들과 마찬가지로 '전통', '남성', '의리', '민중', '저항'이라는 1970년대의 에피스테메 안에서 근대주의적 시선으로 일관되게 해석되어 왔다. 이처럼 김주영의 소설들은 충분한 문제의식을 내포하고 있고 독자들로 하여금 읽는 재미를 선사하지만, 1970년대 근대화

---

6 하응백, 〈의리(義理)의 소설, 소설의 의리〉(해설), 《김주영 중단편전집 2: 여자를 찾습니다》, 문이당, 2001, 348쪽.
7 황종연 엮음, 〈원초적 유목민의 발견-김주영과의 대담〉, 《김주영 깊이읽기》, 문학과지성사, 1991, 24쪽.

김주영 소설에 나타난 이질적 타자로서의 여성과 〈탈〉근대성 |

담론을 구성하는 데 있어 앞서 언급한 작가들만큼의 위상을 정립하지 못한 채, 중심축에서 배제된 경향이 있다. 그 이유로 크게 두 가지를 언급할 수 있을 것이다. 첫째, 김주영의 소설은 1970년대 문제의식을 심도 있고 집요하게 파고들지 못하고, 독자들로 하여금 '웃음'과 '연민'으로 소비하는 차원에 머무르게 한다는 점이다. 즉, 김주영의 소설은 이청준처럼 문제의 시원을 깊이 있게 천착하지 못하고, 황석영처럼 민중들의 편에서 해법을 논하지 못하며, 그렇다고 최인호처럼 미학적 감성과 세련된 기법으로 소설을 그려 내지 못한다는 점에서 문학적 한계를 지닌다. 둘째, 김주영의 소설 속 주인공들은 평면적[8]이고 전형적이며 이들은 도시와 농촌, 현재와 과거, 도시인과 비도시인, 어른과 아이, 지능적인 악과 미숙한 악, 가해자(도시인, 남성)와 피해자(비도시인, 여성) 등 지나치게 이분법적 도식으로 형상화된다. 이러한 구도 속에서 '가족에 대한 애착'과 '혈연의식'은 근대성에 맞서 김주영이 제안하는 소극적인 대안으로 읽혀 왔다. 즉, 김주영은 전통적 업에 고착하는 인물들을 미화하고, 자식과 부부애, 모성을 최후의 구원처 삼아 근대성을 내파하며,[9] 천박한 도시에 맞서 원시적인 생명력을 간직한 공간으로서의 농촌을 소환한다.

---

8 김주영은 행위자의 역할을 하는 평면적 인물을 창조한 뒤, 그를 통해 자신의 이데올로기를 대변하도록 하였다. 서사를 진행할 때는 여러 개의 대비 구조를 구성해 놓은 뒤 이 대비 구조를 중층적으로 장치하였다. 반전을 통한 풍자는 중층 구조에서 발생한다. 양선미, 〈김주영 소설 창작 방법 연구〉,《인문논총》 제35집, 경남대 인문과학연구소, 2014, 50쪽.

9 박수현, 〈김주영 단편소설의 반근대성 연구〉,《한국문학논총》 제66집, 한국문학회,

지금까지의 논의는 1970년대를 관통했던 '동일성'으로서의 근대 담론[10] 안에서 김주영 소설이 지니는 문학적 의의이자 한계이다. 민주주의, 민족주의, 민중의식, 자본주의, 합리적 이성 등을 근대 담론의 중심축에 세워 놓고, 전자는 부정하고 후자는 긍정하는 식의 '근대적 인식틀'[11] 안에서 김주영의 소설은 새로움이 없고, 부조리한 현실을 돌파할 해결책이나 새로운 가능성을 제시해 주지 못한다.

따라서 본고는 '동일성'으로서의 근대성에서 벗어나 이질적인 근대성, 즉 '차이'로서의 근대성에 주목[12]하여 1970년대 김주영 소설을 다시 읽음으로써 김주영 문학의 위상을 재정립하고, 그 속에 내재되어 있는 새로운 가능성을 탐색하고자 한다. 이를 위해 김주영의 소설에 등장하는 이질적 타자로서의 '여성'에 주목하고자 한다. 김주영 소설의 여성(성)에 주목한 논의는 이경호[13]

2014, 205~210쪽.

10 집합적 단수의 역사를 상정하고 그것의 합리적 발전을 추적하는 역사철학적 담론은 근대성을 언제나 동일한 것으로 전일화하며, 따라서 그것을 가지고는 진정한 근대의 극복에 관한 사유가 불가능하다. 황종연, 〈근대성을 둘러싼 모험-서영채, 이광호의 비평에 관하여〉, 《비루한 것의 카니발》, 문학동네, 2001, 393쪽.

11 이광호, 《환멸의 신화》, 민음사, 1995, 24쪽.

12 이광호는 역사철학에 의지하여 '거대한 근대성'의 이론을 지향하는 대신에, "무수하고 이질적인 근대성의 발견"에서 사유를 시작해야 한다고 주장한다. 여기에는 보편적인 규범으로부터 가치 영역들의 분화를 가져온 근대의 합리화 과정을 존중하자는 생각과 함께, 합리화 과정에 따라 생성된 국지적 근대성들의 차이를 강조하려는 의도가 깔려 있다. 이것은 결국 근대성이 자기동일적 개념으로 고착되지 못하도록 그것 내부의 모순, 분열, 대립을 극화하려는 발상인 셈이다. 황종연, 〈근대성을 둘러싼 모험-서영채, 이광호의 비평에 관하여〉, 393~394쪽 재인용.

13 이경호, 〈내성(耐性)과 부정(否定)의 생명력〉(해설), 《김주영 중단편전집 3: 외장촌

가 유일하다. 그는 기존의 인습 속에서 고통을 견디어 내는 '내성의 생명력'으로서의 여성과, 기존의 인습에 저항하거나 그것을 뛰어넘는 '부정否定의 생명력'으로서의 여성을 포착하고, 김주영의 소설 세계는 주로 전근대로서의 '내성의 생명력'에 천착되어 있음을 피력한다. 이 논의는 70년대 후반에 발표된 김주영의 단편들과 여성성의 관계를 정치하게 서술하고 있지만, 인내와 저항, 도시와 농촌이라는 이분법의 근대 도식을 답습하고 있다. 따라서 본고는 동일성으로서의 근대 도식에서 벗어나 '이질성', '타자성'으로서의 여성에 초점을 맞추어 김주영의 소설을 다시 읽어 냄으로써, 근대를 꿰뚫을 수 있는 새로운 가능성을 모색하고자 한다.

구청 세정과 따위에서 나온 사람은 쥐뿔로 알아, 징수하지 못하게 된 적십자회비 같은 걸 받으러 왔을 땐 코가 반죽이 되도록 쥐어박아 되돌려 세우는 것부터, 적어도 제 동창 여럿은 사장, 국장급에 시집갈 수 있는 신변 여건을 가진 여자, 그런 여자가 황만돌에겐 절대 필요했다. (…) 황만돌은 오직 일편단심으로 이 여자대학 정문 근방에 하숙을 고정시키고 있었던 것이다.[14]
얄밉게도 그 종이쪽지엔 '하숙 안 칩니다'라고 씌어 있더란 말입니다. (…) 대문 한편에 계집의 젖꼭지 같은 선홍색 버저가 톡 불거

기행〉, 문이당, 2001, 321~330쪽.
14   김주영, 〈이장동화〉, 《김주영 중단편전집 1: 도둑견습》, 문이당, 2001, 138~139쪽.

져 나와 있었어요. 소생은 버저를 가볍게 눌렀습니다.[15]

위의 예문에서 알 수 있듯이 김주영의 소설이 70년대 근대 담론에 쉽게 포섭될 수 있었던 가장 큰 이유는 그의 소설들 대부분이 남성 인물을 주인공으로 하며, 남성 화자의 시선과 남성 화자의 목소리로 전달되기 때문이다. 여성의 목소리를 빼앗긴 상태에서 여성들은 남성들의 근대적 욕망 실현을 위한 '미끼'로 전락하고, 근대적 남성의 '자아중심적 환상' 속에서 남성의 욕망 구성을 위해 요청된 '수동적', '소비적', '부정적' 존재로 간주되어 버린다.

그러나 김주영의 소설은 그리 단순하지 않다. 데리다Jacques Derrida가 말했듯이 모든 텍스트에는 일관된 의미망을 해체하고 붕괴시킬 수 있는 얼룩들이 존재한다. 김주영의 소설에서는 동일성으로서의 근대 담론을 요리조리 빠져나가는 '불가해'하고 '이질적'인 여성들이 등장하는데, 이들은 증상처럼 출몰하며 이성적 주체에 균열을 가하고 예측하거나 이해할 수 없는 행동들로 사회적 시스템을 교란한다. 앞에서 언급한 70년대 거대담론의 기표들을 모두 걷어내 버리면 김주영의 소설이 새롭게 읽히는 지점들을 발견할 수 있다. 본고는 이러한 김주영의 소설이 내포하고 있는 (탈)근대적 가능성에 대해 논하고자 한다.

---

15   김주영, 〈여자를 찾습니다〉, 《김주영 중단편전집 2: 여자를 찾습니다》, 문이당, 2001, 124쪽.

소시민의 윤리를 비웃는 불가해不可解한 '갈보들'

문학 텍스트를 해체하는 목표는 크게 두 가지다. 하나는 텍스트의 결정불가능성을 드러내는 것이고, 다른 하나는 텍스트를 구성하는 이데올로기들의 복잡한 작동 양상을 드러내는 것이다.[16] 본고의 목적은 텍스트의 '의미'가 실제로 한정되거나 결정되지 않는다는 사실을 전제하고 텍스트의 특정한 의미 자체가 다양한 이데올로기들의 복잡한 길항 속에서 구성된 것임을 밝히는 것으로, 70년대 근대 담론에 균열을 가하는 이질적 존재로서의 여성을 살펴보는 작업은 이러한 측면과 맥이 닿아 있다.

  김주영 소설에는 상경민을 비롯해 고물장수, 약장수, 도둑, 백정 등 다양한 인물 군상이 등장하는데, 이들 중 단연 돋보이는 존재는 '몸 파는 아내'와 '갈보들'[17]이다. 그동안 근대 담론 안에서 '갈보들'은 근대의 부끄러운 얼룩이자 방해 요소로 부정되어 왔다. 그러나 사실 '갈보들'도 농촌에서 상경한 남성들과 마찬가지로 가족의 생계를 책임지기 위해 시골에서 올라온 가난한 여성이자, 평범한 여성이었다.[18] 그럼에도 불구하고 남성주의적 시선 안

---

16 로이슨 타이슨, 〈해체비평〉,《비평이론의 모든 것》, 윤동구 옮김, 앨피, 2018, 539쪽.

17 〈즉심대기소〉, 〈달밤〉, 〈도둑견습〉, 〈아내를 빌려 줍니다〉, 〈달밤 2〉, 〈외장촌 기행〉, 〈익는 산머루〉 등의 소설에서는 몸 파는 아내, 몸 파는 식모, 갈보들이 등장한다. 본고에서는 김주영의 텍스트에서 주로 쓰인 '갈보들'이란 용어를 사용하기로 한다.

18 한국전쟁 이후 어려워진 경제 상황 속에서 가족의 생계를 책임지기 위해 생활전선에 뛰어들었다. 가부장은 돈을 벌어 가족을 부양하지 않아도 여전히 가부장이었다. 여성들은 가부장제가 여전히 굳건한 상황 속에서 단지 생계만 떠맡다 보니, 남성보다 더 큰 사회적 압박에 시달렸다. 종삼에 가서 성매매를 했던 남성은, 단지 가족

에서 이들은 남편 내지 기둥서방의 암묵적인 동조와 협조 아래 몸을 팔아 생계를 유지하고, 도시 진출을 꿈꾸는 기회주의적인 인물로 그려진 경향이 있다. 그러나 김주영의 작품에서는 이러한 전형적인 논리로 설명할 수 없는 여성들이 존재한다.

　김주영의 대표작 〈도둑견습〉은 폐품 집적소 마이크로버스에서 궁핍하게 살아가는 원수네 가족의 이야기이다. 겉으로 보기엔 원수가 고물장수인 의붓아버지를 통해 도둑질을 배우며 악동으로 성장하고 마침내 의붓아버지를 '아버지'로 인정하게 되는 '아버지 찾기'의 성장서사이지만, 사실 〈도둑견습〉의 중심서사는 '어머니를 끈질기게 탐하는' 최 주사로부터 어머니를 지켜 내기 위한 의붓아버지와 아들의 눈물겨운 사투라 볼 수 있다. 여기서 주목할 점은 '어머니 지키기'라는 아이러니다. 정작 어머니는 '지조 없기로는 봉사 지팡이'(270쪽)이며, 의붓아버지의 '왕자표 흑고무신'에 반해 초저녁부터 홀레붙기를 즐기는 '색골'(286쪽)이기 때문이다. 〈도둑견습〉의 어머니는 기존의 정조 담론에서 벗어나, 성性을 통해 남성을 매혹시키고 조정하는 인물이다. 결과적으로 원수는 사랑하는 어머니 지키기라는 당위와 타락한 어머니에 대한 증오 사이에서 분열을 경험하게 된다. 한편으로 어머니는 구원의 손길을 기다리는 대상인 것 같기도 하지만, 다른 한편으로는 그런 구원 따위는

들을 부양하기 위해 몸을 팔러 나왔던 가난하고 평범한 여성들이라는 사실을 외면했다. 이주민 남성들의 성적 환상은 똑같이 상경해서 서울역에 도착한 여성들에게 가해지는 성적 폭력을 외면하고 만들어진 것이다. 송은영, 《서울 탄생기》, 푸른역사, 2018, 100~101쪽 참조.

　　　　　　김주영 소설에 나타난 이질적 타자로서의 여성과 (탈)근대성 |

필요없다고 말하는 것처럼 보이기도 하는 것이다. 김주영의 소설에서는 이처럼 타자성을 통해 상징질서를 교란하고 소시민의 윤리를 비웃는 불가해한 여성들이 존재한다. 대표적인 작품으로 〈즉심대기소〉와 〈달밤 2〉를 들 수 있다.

〈즉심대기소〉의 주인공 '나'와 은주는 강변에서 풍기문란을 일으킨 죄로 즉심대기소로 잡혀 들어오게 된다. 그곳에는 갈보 아니면 대폿집 작부, 역전 빌붙이들, 조바 새끼들, 막걸리 배달꾼 등이 냄새를 풍기며 우글댔고, 나는 그러한 추잡한 무리들 틈에서 '대학생'인 은주를 보호하기 위해 전전긍긍한다. 1960~70년대 소설에서 도시 여성, 특히 '여대생'은 반짝이는 서울의 이미지와 산업사회의 '욕망'을 대변한다. 상경한 남성들이 시골 청년이라는 꼬리표를 떼고, 완전한 도시인으로 거듭나기 위해서는 '애새끼나 줄줄이 싸지르는'(《이장동화》, 139쪽) 농촌 처녀가 아닌, '노트 몇 권을 무릎에 포갠 채 한가로이 연못에다 돌을 던지는'(《이장동화》, 143쪽) 여대생을 무슨 수를 써서든 '잡아먹어야'(《여자를 찾습니다》, 137쪽) 한다. 즉, 도시를 정복하기 위해서는 도시의 고급문화를 향유하고, 도시의 시간을 잉여와 소비의 시간으로 흘려보내는 도도하고 깜찍한 여대생을 소유해야만 하는 것이다.[19] '나'에게 대학생 은주는 장밋빛 인생을 보장해 주는 보증수표이자 순결하고 숭고한 대상이다. 대학생인 은주가 내 옆에 있는 한 '나' 또한 자아중심적 환상 속에서 숭고한 대상으로 자리매김할 수 있다.

---

19 그러나 산업화사회가 던진 도시의 미끼는 쉽사리 먹혀 주질 않는다. 오히려 남성들

적어도 그 방에선 우리들이란 존재가 얼마나 이질적인지를 단박 느낄 수 있었기 때문이다. (…) 그들에겐 썩지 못해 육신이 근질근질한 몰염치한 완력이 있을 것이기 때문이다. 체면이고 나발이고가 그들에게 있어선 사치이며 개 발의 대갈일 것이다.[20]

구치소 안에는 '보이지 않는 선'이 그어져 있다. 고급스러움을 풍기는 신분계층(나, 은주, 사내)과 혐오스러운 냄새를 풍기는 몰염치한 계층. 그 '보이지 않는 선'을 기준으로 나는 끊임없이 은주가 욕망할 만한 남자의 모습이 무엇인지를 짐작해 보고 어떻게 행동할지를 계산해 본다. 나는 선뜻 어느 편에도 가 앉지 못하고 엉거주춤하지만, 그럼에도 도덕과 체면, 그리고 얄팍한 계산이라는 소시민적 시선으로 드세고 더러운 갈보들과 자신 사이의 경계선만은 명확하다고 확신하며 그녀들을 무시하고 비웃는다. 그때 순경이 들어와 남성과 여성이라는 '보이는 선'을 긋는다. 선이 그어지자 어느 쪽에도 앉지 못하고 갈팡질팡하던 나와는 달리 갈보

을 향해 '노란색 팬티가 드러나 보이는 통바지를 입고 엉덩이를 흔들어 조지며(〈여자를 찾습니다〉, 156쪽)', 더욱 매혹적인 수법으로 남성들을 유혹한다. 순박한 남성들은 맹랑하고 교활한 도시 여성의 술수 아래 동물원의 원숭이가 되기도 하고, 휘황찬란한 도시의 불빛에 매료되어 시골 아버지께 빌린 돈을 여성과의 유희에 모두 탕진해 버린다. 그리고 마침내 그토록 욕망하던 미끼가 입에 들어온 순간, '재수생'이라는 미끼의 실체가 밝혀지거나, 아니면 예상치 못한 방해자로 인해 입에 다 들어온 미끼를 허무하게 놓치고 만다. 이처럼 70년대의 문학담론 안에서 도시 편입을 꿈꾸던 남성들의 욕망은 대부분 실패로 귀결된다. 이러한 도시 여성을 향한 욕망과 실패의 매커니즘 또한 남성중심적 서사의 전형으로 볼 수 있으며, 그 기저에는 여성에 대한 편견과 혐오의 시선이 내재되어 있음을 짐작할 수 있다.

20 김주영, 〈즉심대기소〉, 《김주영 중단편전집 1: 도둑견습》, 문이당, 2001, 203쪽.

김주영 소설에 나타난 이질적 타자로서의 여성과 (탈)근대성 |

들은 은주를 낚아채 자신들의 무리 속 맨 구석 자리에 앉힌다.

말하자면, 그녀들은 은주를 숨겨 주고 있는 것 같았다. 중년의 사내가 그들이 은주를 비호하려는 태도에 픽 웃고 있었다. 나 역시 그러하였다. 적어도 그녀들에게 있어서 여대생인 은주가 자기들 편이란 사실을 확인시켜 준 그 순경에게 감사하고 있으리라고 생각했다. 그들은 분명 양갓집 아가씨며 곱살한 은주가 냄새투성이며 상처투성이인 자기들 옆에 단 하룻밤일망정 곁에 있어 준다는 사실에 너무나 흥분하고 있으리란 내 짐작이었다.[21]

나와 사내는 갈보들의 태도를 비웃는다. 갈보들의 행동이 '대학생'인 은주에 대한 부러움과 선망에서 비롯되었다고 생각했기 때문이다. 그러나 갈보들은 이들의 사유 그 너머에 존재해 있었다. 갈보들은 은주를 포섭하여 자신의 편으로 만들거나 타락시키는 것이 아니라, 오히려 은주의 옷매무새를 여며 주고, 즉결심판으로부터 은주를 탈출시킨다. 즉, 은주를 구원해 낸 것은 '고상한' 내가 아니라 '타락한' 갈보들이었고, 편 가르기를 하던 나와 사내랑은 달리 갈보들에게는 애초에 선 따위 존재하지 않았다. 이처럼 나의 예상을 벗어나는 갈보들은, '대학생'이란 기표에 근대성을 응축시켜 그것을 선망하던 것은 다름 아닌 나였음을, 나로 대변되는 남성적 욕망이었음을 되비쳐 줄 뿐이다.

---

21 김주영, 〈즉심대기소〉, 209쪽.

〈달밤 2〉에서도 소시민의 자기정체성에 균열을 가하는 여성의 존재가 드러난다. 화자인 '나'는 무연탄 하역장에서 일하는 '검수원'이다. 나의 임무는 인부들이 무연탄을 빼돌리거나 운송 관계에서 은밀한 거래가 이루어지는지 몰래 감시하는 것이다. '나'가 인부들 감시에 열을 올리는 이유는 '승진'에 대한 희망과 '똑똑한 놈'으로 직장에서 부상하기 위해서이다. 그리고 이러한 욕망에 동력을 불어넣는 것은 운송 단계에서 벌어지는 은밀한 거래가 '부정한 것'이고 그 부정을 바로잡는 일은 필요하고도 당연한 것이라는 가치 판단이다. 다시 말해, 검수원 역할은 '나'의 성공과 정직한 사회 구현을 위한 과업으로서 나의 소시민적 윤리를 만족시켜 주고 있던 것이다. 하지만 '나'가 이러한 자기이해와 소시민적 윤리가 한낱 '환상'에 지나지 않을지 모른다는 의심을 갖게 되기까지는 그리 오랜 시간이 걸리지 않는다. '나'가 검수원으로 일하게 된 지 3개월이 될 즈음, 인부 중 한 명인 정득수가 화차에 깔려 팔이 절단되는 사고가 발생한다. 나는 위로금을 핑계로 득수 아내를 살살 구슬려, 모종의 정보를 캐낼 겸 득수네 집에 찾아간다. 그러나 몇날 며칠 밤을 찾아가도 득수 아내는 집에 없었고, 우연히 저탄장 안에서 연탄에 물을 먹이고 있는 대여섯의 여자를 발견한다.

나는 그 여자들이 무연탄 하역꾼의 여편네들이란 걸 대뜸 알아차렸다. 나는 드디어 내가 봐야 할 것을 본 것이다. (…) 〈당신 누구요?〉 이렇게 말하고 나는 어둠 속에서 그 여자를 쳐다보았는데 그

때 나는 다시 놀라 버렸다. 한 손으로 턱을 올려 받치고 허리를 배배 꼬면서 여자는 나를 보며 웃고 있었기 때문이었다. (…) 범법을 하고 있는 여자가 헤실헤실 웃고 있다는 것에 나는 오히려 강한 호기심조차 일었던 것이다. 어딘가 교태가 묻어 있는 듯한 이 여자를 나는 한참이나 바라보며 서 있었다.[22]

나는 저탄장에 숨어 '내가 봐야 할 것'을 발견하고 전율을 느끼고 있었는데 그 순간 한 여자가 내 목덜미를 가만히 잡아낚아 모래펄로 데려간다. 나는 그 여자가 득수 아내라고 단정지어 버렸고, 교태 섞인 웃음과 몸짓에 이끌려 나도 모르게 그녀를 끌어안는다. 그 후 나는 '용기가 나질 않아'(239쪽) 그녀에게 위로금을 전달하지 못한 채, 회사에 사표를 던진다. 근대주의적 시선으로 봤을 때 위의 소설은 성공을 꿈꾸는 '나'가 부조리한 사회의 착취 구조와 악조건 속에서 일하는 광부들, 생계를 위해 몸 파는 아내들을 연민의 시선으로 바라봄으로써 느끼는 허탈감 및 '실패담'이라 할 수 있다. 그러나 이 장면에서 '나'의 시선을 매개하여 텍스트가 주목하는 지점은 탄을 빼돌리는 일을 검수원에게 들킨 순간에도 당황하지 않고 태연하게 구는 여자들의 태도이다. 여자는 마치 정해진 절차인 것마냥 태연하게 검수원인 '나'에게 몸을 준다. 그리고 사표를 던진 내가 다시 저탄장에 찾아갔을 때, 내 등을 툭툭 친 여자는 "이 양반, 나한테 재미 붙였는가 뵈"(240쪽)라며 입술을 실쭉

---

22   김주영, 〈달밤 2〉, 《김주영 중단편전집 2: 여자를 찾습니다》, 문이당, 2001, 237~238쪽.

인다. 〈달밤 2〉의 '몸 파는 아내들' 또한 자신의 행위에 대해 전혀 부끄러움을 느끼지 않는 존재들이다. '고된 노동과 뻔뻔한 교태가 결합된 여성의 행위'는, 직업적 소명의식, 산업역군, 자아실현, 현모양처 등의 이데올로기적 환상이나, 생계를 위한 불가피한 몸부림이라는 처참한 생존주의, 또는 단순히 성욕에 따르는 동물적 삶 등으로 쉽게 등치되는 않는 과잉적인 것으로 출현한다.

이처럼 김주영 소설에 등장하는 '몸 파는 여성들'은 주인공 '나'의 주체성에 커다란 균열을 가한다. 소시민으로서 나의 허영과 위선, 어리석임을 확인하게 해 줌으로써 자기동일성을 해체시키며, 알 수 없는 힘으로 나를 매료시킨다. 타자가 타자인 이유는 완전히 포섭될 수 없기 때문이다. 몸 파는 여성들은 내가 구성해 놓은 '도덕, 계층, 자본, 성욕' 등의 인식 틀에서 벗어나 나의 주체성[23]을 무너뜨리는 새로운 객체이자 이질적 타자로서 기능한다.

부정不定의 생명력과 무위無位의 주체들

김주영의 텍스트를 언급할 때 주로 언급되는 것은 '연민'의 감정

---

23 사실 주체성이란 어떤 실체/본질도 상태도 아니다. 그것은 객체성과 마주쳐 가면서 생성하는 선상에서 생성해 가는 무엇이다. 그런 역동적인 선상에서 만나고 그런 만남을 통해서 스스로의 인식을 해체/재구성해 갈 때에만 철학적 어리석음을 벗어날 수 있고 진정한 인식을 다져 나갈 수 있다. 이정우, 《주체란 무엇인가》, 그린비, 2009, 50~52쪽.

이다. 그런데 이러한 연민은 남성주의적 시선에서 산업사회의 부조리와 높은 벽을 깨달았을 때, 남성들의 도시 진출이 좌절되거나 실패했을 때 느끼게 되는 감정이다. 그럼에도 김주영의 텍스트에서 활기와 생명력을 느낄 수 있는 이유는, 앞에서 살펴보았듯 '갈보들'의 존재 때문이다. 여기서 느끼는 여성들의 활기와 생명력은 근대 담론이 주목한 '악동'들의 생명력과는 차원이 다르다. 악동들은 자신들의 자족적인 세계 안에서 머무르며 자신들의 힘을 과시하고, 기성의 도덕과 금기를 파괴[24]한다. 니체[F. W. Nietzsche]의 용어를 빌리자면 악동들의 행위는 노예도덕[25]에서 비롯된 원한(르상티망ressentiment)에 가깝다. 이들은 반응적이고 분개에 찬 태도로 고상한 삶을 거부함으로써 자신들의 도덕 체계와 세계관을 창안하고자 한다. 반면, 김주영의 텍스트 속 갈보들은 사회에 대한 저항의식과 공격성을 내포하지 않는다. 이들은 선과 악의 이분법, 근대와 전근대, 가진 자와 못 가진 자의 굴레에서 벗어나 자신들의 존재 자체를 즐기고 사유한다.

그녀들은 소리가 들리나마나 여전히 킬킬거리고 있었으며, 자기들끼리 방귀를 뀌어 놓고 장본인을 찾아내느라 궁싯거리고 있을 뿐

---

24 정주아, 〈도시 속 악동의 불순한 생명력〉(해설), 《여자를 찾습니다》, 책세상, 2007, 306~307쪽 참조.
25 삶에 대한 도덕적 혐오의 형식인 노예 도덕은 열등하고 취약한 사람을 억압하는 세계에 대한 반작용이다. 귀족적 가치들은 고귀한 정신이 지닌 있는 그대로의 충만함과 자부심을 경험하면서 생겨나지만, 노예적인 삶은 자기 바깥의 모든 것에 '아니오'라고 대답함으로써 도덕적 시각만을 창안할 수 있을 뿐이다.

이었다.(205쪽)

　우리 모두는 그녀들이 달아나고 있는 문 쪽을 보고 있었다. 문에 금방 빠져 달아나던 그 곰보딱지가 일순 멈추고 돌아서더니, 이쪽을 향하여 손을 흔들었다. 「어언니, 나 먼저 가우.」 (…) 「곰 같은 년, 지랄한다고 손을 흔들어」(218쪽)

　우리는 갈보들의 행위를 통해서 삶에 대한 긍정적인 힘과 천진난만한 '어린아이'의 모습을 확인할 수 있다. 니체는 정신의 세 단계(낙타-사자-어린아이)를 설명하며 '어린아이는 순진무구요 망각이며, 새로운 시작이자 거룩한 긍정'[26]이라고 말한다. 나아가 창조의 놀이를 위해서는 거룩한 긍정이 필요하다고 밝히는데, 우리는 특정한 목표의식에서 벗어나 순간을 즐기며, 기쁨과 고통 속에서 파괴와 창조를 거듭하는 갈보들의 삶을 통해 니체의 사유를 엿볼 수 있다. 갈보들은 '존재'나 '실재'에 대한 어떠한 해석도 창조하고 변형시키는 생산적인 힘과 역동적인 힘을 지닌 존재들이며, 기존의 상징질서에 구애받지 않고 고통과 즐거움 모두를 자신의 것으로 삼을 줄 아는 '스펀지' 같은 존재들이다. 다시 말해 이들은 어느 한 곳에 고정되지 않는 '부정不定의 생명력'을 지닌 존재들인 것이다. 생명의 약동이란 끝없는 차이들의 생성을 말할

26　프리드리히 니체, 《니체전집 13: 차라투스트라는 이렇게 말했다》, 이진우 옮김, 책세상, 2014, 40~41쪽 참조.

　김주영 소설에 나타난 이질적 타자로서의 여성과 (탈)근대성

뿐, 거기에 어떤 '낭만적인' 뉘앙스가 들어 있는 것은 아니다. 오히려 이런 차이들의 생성은 삶의 힘겨움을 가지고 온다. 그러나 그런 힘겨움들과 투쟁하면서 어떤 아름다운 경지들을 만들어 낼 수 있는 잠재력 역시 생명에 들어 있다.[27]

　김주영의 텍스트를 탈근대적 시선으로 바라보았을 때 더욱 가치 있는 이유는 '부정의 생명력'을 지닌 갈보들의 존재가 또 다른 주체의 행동 변화를 이끌어 낸다는 데 있다. 〈즉심대기소〉에서 '나를 향하여 선명하게 빨간 혓바닥을 날름'(218쪽) 내밀며 도망가는 은주의 행동과, 〈달밤 2〉에서 사표를 던진 나의 행위가 그것이라 볼 수 있다. '대학생'인 은주와 '감시원'으로서의 나는 갈보들을 통해 '상징질서에 포박된 자기인식'에서 '해방'되는 존재들이다. 〈달밤 2〉에서 '나'가 사표를 던진 이유는 득수 아내를 취함으로써 암묵적으로 여자들의 행위에 동조했다는 부끄러움, 또는 여자들의 배후에 나의 상사가 있다는 세상의 부조리 때문이 아니다. '나'가 사표를 던진 진짜 이유는 검수원의 역할이라는 것이 11번 선에서 벌어지는 '밤 작업'이 지속될 수 있도록 요청된 '명분상 직업'에 지나지 않음을 깨달았기 때문이다. 검수원이 활동한다는 사실 자체가 낮 작업과 밤 작업 사이에 어떠한 문제(속임수)도 없음을 공표하는 효과를 만들어 내는 것이다. 나에게 이것은 끔찍한 진실일 수밖에 없다. 나는 회사를 위해 사건의 진실을 밝혀 내는 것이 '부정한 것을 바로잡는 일'이라고 믿었고 이를 통해 자

27　이정우, 《주체란 무엇인가》, 88쪽.

신의 능력을 인정받을 수 있다고 믿었기에, 진실을 대면하는 순간 나는 자기정체성의 기반을 잃어버리게 되는 것이다. 이런 의미에서 아무런 거리낌 없이 자기에게 주어진 노동을 해내는 여성들은, 자신들이 하는 일이 마치 '역할 놀이'에 지나지 않음을 '알고 있는 주체'들에 가깝다. 나는 '부정/정'에 기반한 도덕 자체를 해체시키는 여성들을 통해 상징질서에 포박되었던 스스로에게서 해방된다. 직업적 소명의식을 허락하지 않는 명분 없는 자리, 불법을 포함하는 산업 시스템을 오히려 정상적인 체제로 만드는 데 일조하는 검수원의 자리를 과감하게 포기하는 '나'의 행위 자체가 바로 해방된 자의 모습이라 할 수 있다. 〈즉심대기소〉의 은주 또한 마찬가지이다. '내 여자는 내가 지켜야 한다'는 전형적인 소시민적 사고를 지닌 '나'의 보호 아래, 은주는 눈물만 훌쩍거리며 숨기만 하는 소극적인 존재였다. 그러나 자신들이 무시하고 천박하게 여겼던 갈보들의 보호를 받으며 그들의 무리 속에 자연스레 동화되고, 처음 만난 자신의 손을 잡고 도망치는 갈보들의 대담함과 적극성을 통해 '선들 너머'의 차원, 즉 상징적 자리 너머에서의 '고유한 존재들'과의 만남을 경험한다. 은주가 나에게 혀를 내밀며 도망가는 행위는 '보호하는 남성/보호받는 여성', '고상한 계층/타락한 계층'이라는 남성주의적 질서에 대해 조롱이자 '선'들의 구분에서 해방된 자의 즐거움 또는 '놀이'라 볼 수 있다. 이러한 해방은 은주가 여대생과 갈보 사이를 오갈 수 있는 존재이고, '나' 또한 검수원으로서 노동자와 자본가 사이에 걸쳐 있는 '경계인'이었기에 가능한 일이다. 갈보들과의 만남을 통해 이들 또한 어느 한 곳에 고정되지 않는 '부정不定의 생명력'을 지닌 존재로 거듭나게 된다.

그러나 여기서 멈추지 않는다. 타자의 출현으로 자기환상에서 해방된 이들은 새로운 자리를 만들어 냄과 동시에 스스로가 타자가 됨으로써 새로운 주체를 호명한다. 〈달밤 2〉의 검수원이 좋은 예이다.

탄 더미에 미끄러지면서도 머리에 인 물통의 물만은 한사코 쏟지 않으려고 애쓰는 모습이 희끄무레한 하늘을 배경으로 해서 보여 왔고, 그러한 몸짓들을 대여섯 명이 함께하고 있었으므로 나는 흡사 어떤 기괴한 무용을 보는 듯한 착각에 빠졌다. 그랬다. 그것은 무용이었다. 탄 더미와 탄 더미 너머로 희끄무레하게 다가선 하늘과 물동이를 쏟지 않으려는 여자들의 안간힘은 이 밤의 열기와 구도를 맞춰 가면서, 저것은 하나의 무용이라고 생각되게 했던 것이다.[28]

인용한 대목은, '나'가 자신의 눈앞에서 상영되고 있던 어떤 광경에 대해 즉물적인 판단을 보여 준 부분이다. 그런데 '나'는 사표를 내고 '검수원'의 자리를 떠난 후 다시 저탄장을 찾았을 때 그이유에 대해 "다만 그들의 무용이 다시 보고 싶었을 따름이었다"고 설명한다. '나'는 '검수원'이라는 상징적 주체로부터의 해방과 동시에 스스로를 '관객'으로 새롭게 규정한다. 즉, 검수원이었던

---

28 김주영, 〈달밤 2〉, 236~237쪽.

'나'가 '감시자'라는 감투를 벗어지고 완전한 '무無'로 침잠하는 것이 아니라, 상징적 이해 이전의 차원에서 발생했던 즉물적 판단을 상징적 차원으로 끌어올려 현실에서 스스로 마련하는 것이다. 이 순간 착취적인 시스템 내에서 감시자와 불법노동자로 살아가던 '나-여자들'은 '관객-무용수'라는 새로운 관계 속에서 (재)탄생한다. 김주영의 소설 속 인물들은 '환상'을 '통과'함으로써, 주체는 언제나 결여되어 있으며 욕망의 대상-원인은 그 자체로 결여를 객체화하고 구현하는 것에 지나지 않음을 경험하지만, 그로부터 '환상 뒤에는 아무것도 없다'라는 절대적 허무로 나아가는 것이 아니라 '스스로 환상을 재조직하는 이행 속에서 솟아오르는 주체(자유)'[29]를 보여 주는 것이다. 그리고 이러한 '나'의 반복적인 행위는 여자들로 하여금 스스로 의문을 갖게 하며, 서서히 자기동일성의 균열[30]을 만들어 낼 것이라 기대할 수 있다. 감시하려는 목적, 성을 착취하려는 목적 없이 자신들을 보기 위해 찾아오는 '관객'은 여성들에게 불가해한 타자로 기능할 것이기 때문이다. 그리고 타자가 된 '나'의 호명에 여자들이 응답한다면, 여자들은

---

29 다시 말해, 이들은 타자의 존재가 아니라 타자의 비존재를 떠맡음으로써, 타자의 욕망 속에 잠식된 주체가 아니라 자신을 절대적인 것으로 전제하는 주체가 되는 것이다. 슬라보예 지젝, 《이데올로기라는 숭고한 대상》, 이수련 옮김, 인간사랑, 2002, 308~309쪽, 360쪽.

30 정신분석학에서 히스테리는 의문을 던지는 태도, 특히 (대)타자에게 의문을 갖는 태도라고 말할 수 있다. 다시 말해 '(대)타자가 나에게 무엇을 원하는가?(Che vuoi?)' 이런 의문을 던지는 것 자체가 질문자와 (대)타자, 즉 상징적 질서와의 거리를 창출한다. 그래서 이 질문은 상징적 질서의 실패를 암시하면서, 동시에 주체성의 순간을 가리키기도 한다. 토니 마이어스, 《누가 슬라보예 지젝을 미워하는가》, 박정수 옮김,

김주영 소설에 나타난 이질적 타자로서의 여성과 (탈)근대성 |

자신의 자리를 버리고 '무용수', 또는 '배우'의 자리를 획득함으로써 자기환상에서 벗어날 수 있을 것이며 또 다른 자리들을 생산할 수 있을 것이다.

우리는 상징질서에 포박된 자기인식 너머에서 삶을 살아가는 갈보들과 '깨달음'의 주체들을 통해 '무위인無位人'을 떠올릴 수 있다. 무위인이란 이름-자리를 가지지 않는 존재가 아니라 그것에 집착하지 않는 존재[31]이다. 사실 자본가, 지식인, 대학생, 감시원으로서 느끼는 우월감은 그들의 존재적 실체와는 무관한 '그 자리의 것'이며, 상징적 조건 위에서 '구성된 것'에 지나지 않는다. 그렇기에 존재적 실체와 상징적 자리 사이의 그 거리감을 직시하고 상징적 자리로부터 나를 분리해 내는 과정이 필요하다. 이러한 과정을 통해 주체는 자기동일성에서 벗어날 수 있으며, 새로운 자기이해와 자기창조로 나아갈 수 있다. 또한 상징적 자리와 구분되는 고유하고도 평등한 자기존재를 긍정할 때에야 비로소 '타자'와 불화하지 않고 더불어 살아가는 현실이 펼쳐질 수 있다.

앨피, 2005, 169쪽.

31 무위인無位人이란 허虛의 차원과 현실의 이름-자리 체계를 늘 오르내리면서 산다. 현실의 이름-자리(位)를 거부하고 허공에 살 수 있는 사람은 없다. 그것은 불가능하다. 그렇지만 우리는 잠재성의 차원, 즉 숱한 위位의 형태들이 점선들로 존재하는 허虛의 차원으로 내려가 삶의 또 다른 방식들을 사유하고 현실로 다시 올라와 새로운 자리-관계를 창조할 수 있다. 물론 무위인은 철학적 깨달음의 차원에서만, 내면의 차원에서만 가능하다. 현실의 격자는 견고하다. 그러나 우리로 하여금 거기에 아주 작은 차이라도 생겨나게 하도록 해 주는 것이 무위인의 삶이다. 즉, 타자들 사이의 낯섦과 갈등이라는 현실을 허망한 개념들로 덮지 않고, 타자성을 정면으로 직시하고 끌어안는 데서 현실의 변화는 시작될 수 있는 것이다. 이정우, 《주체란 무엇인가》, 24쪽, 78쪽, 100쪽 참조.

갈보들이 자신들의 직업에 부끄러움을 느끼지 않고 역동적인 삶을 살 수 있는 것, 대학생인 은주가 갈보들과 동화됨으로써 여대생의 기표에서 해방되는 것, 검수원인 '나'가 '감시자'라는 감투를 벗어던짐으로써 자신뿐만 아니라 불법노동자로 살아가던 여성을 '무용수-관객'이라는 새로운 관계 속에서 재탄생시킬 수 있었던 것은 상징질서가 부여한 자신의 자리에 연연하지 않는 '무위인'이기에 가능한 것이다.

이처럼 김주영의 소설 속 주체들은 자기동일성의 환상에서 벗어나 끊임없는 차이들을 생성함으로써 스스로를 재창조해 나간다. 뿐만 아니라 타자-되기의 새로운 관계 속에 들어감으로써 자신과 타자의 동시적인 변이를 꾀하며, 나아가 남성과 여성이라는 근대주의적 기표 또한 무화시킨다. 이러한 지점들을 통해 우리는 김주영 소설에 내재되어 있는 (탈)근대성을 발견할 수 있으며, 김주영 소설을 재평가할 수 있는 새로운 지점들을 포착할 수 있다.

증상·흔적·가능성으로서의 글쓰기

지금까지 본고는 '동일성'으로서의 근대성에서 벗어나 이질적인 근대성, 즉 '차이'로서의 근대성에 주목하여 1970년대 김주영 소설을 다시 읽음으로써 김주영 문학의 위상을 재정립하고, 그 속에 내재되어 있는 새로운 가능성을 탐색해 보고자 하였다. 특히 본고는 증상처럼 출몰하며 이성적 주체에 균열을 가하고, 예측하거나 이해할 수 없는 행동들로 사회적 시스템을 교란시키는 이질적 타자인 여성에 주목함으로써 소시민적 주체들이 자아중심적 환상에서 벗어나 무위의 주체로 거듭나는 과정을 살펴보았다. 그렇다면 작가 김주영에게 70년대 소설 쓰기는 어떠한 의미를 지니는가.

(70년대 저의 소설은) 70년대식 실험이나 모험이었다고 바꿔 말할 수도 있겠네요. 그 이전까지 부지불식 간에 우리들의 의식에 자리 잡았던 문학적 의식 속에는 우아하고 수려한 것이어야 한다는 강박감 같은 것이 작용하고 있었지 않았나 생각됩니다. 그러므로 그것의 물리적인 파괴나 일탈 자체가 벌써 악동적인 발상이라 할 수 있겠지요. 작가가 틈입할 수 있는 영역을 넓혀 놓았다는 점에서도 음미할 만한 대목이네요.[32]

위의 인용에서 확인할 수 있듯이, 70년대 자기 소설에 대한 김주영의 텍스트 인식은 근대주의의 자장 안에 놓여 있다. 김주영은 스스로의 소설 쓰기가 이전까지의 고고한 문학주의에서 벗어나기 위한 저항이자 실험, 모험이었다고 말하고 있지만 김주영의 실험은 동일성이라는 근대주의적 시각 속에 함몰되어 있다. 때문에 (탈)근대적 시각으로 김주영의 70년대 소설을 새롭게 본다는 것은, 지배질서와 불화하는 저항적 장면과 그 현실비판적 의미에

---

32 황종연 엮음, 《비루한 것의 카니발》, 25쪽.

주목하는 것이 아니라, 작가의 무의식까지를 포함하는 타자로서의 텍스트의 목소리에 귀 기울이는 것에 가깝다. 불가해한 타자와의 만남 이후 발생한 자기정체성에 대한 반성적 성찰과 탈주에 주목할 경우, 김주영 소설에 대한 근대문학적 평가[33] 자체를 전복할 수 있다. 다시 말해서, 세계의 부조리 앞에서 애초에 자신이 원하던 바를 저버리는 결말은 실패와 연민의 서사, 또는 현실도피의 상상력이 아니라 타자를 매개로 자신을 재발견하는 해방의 서사, 또는 무위의 상상력으로 이해될 수 있는 것이다. 아울러 이러한 해석은 작가의 문학관과 김주영 소설에 대해 기존의 평가가 어떠한 맥락에서 구성된 것인지도 우리에게 말해 준다. '창비'와 '문지'가 이끌던 70년대 문학담론은 개별적 타자들에게 관심을 기울이기보다는 서구적 민족국가나 근대문학을 토대로 구성된 문학적 욕망에 사로잡혀 있었던 것이다. 국민, 민족, 민중, 노동자, 교양인, 자유인, 악동 등 그것이 무엇이었든 특정 주체의 윤리(도덕)를 중심으로 현실을 재편해야 한다고 주장했던 당대 문학담론의 기준에서 볼 때, 타자에 매혹당해 상징계에서 구성된 영웅적 소명을 내팽개쳐 버리는 김주영 소설의 결말은 미달, 혹은 불온한 것에 지나지 않았을 것이다.

그러나 본고에서 시도했듯 김주영의 소설에 나타난 타자성을 중심으로 소설을 다시 읽을 경우, 우리는 김주영의 소설이 실패, 연민, 현실도피의 차원을 넘어 해방과 무위의 서사임을 확인할

---

33 여기에는 작가 스스로의 텍스트 인식도 포함된다.

김주영 소설에 나타난 이질적 타자로서의 여성과 (탈)근대성 |

수 있으며, 나아가 김주영의 70년대 소설이 포스트모더니즘이 아닌 (탈)근대성으로 설명될 수 있는 이유를 확인할 수 있다. 김주영의 소설은 이데올로기적 환상에서 벗어날 수 없음을 인정하고 자본에 종속되는 포스트모던의 태도가 아니라, 이데올로기적 환영에서 벗어나 공동체의 더 나은 삶을 위해 끊임없이 변화하고 탈주하려 하는 (탈)근대적 태도를 취하고 있는 것이다.[34] 더불어 타자성에 주목할 경우 우리는 텍스트에 내재되어 있는 작가 김주영의 무의식 또한 엿볼 수 있다.

저는 헌신적이고 이타적인 어머니상을 작품 속에 자주 넣었는데, 언제부턴가 제가 그 글의 중심에 들어가지 못하고 빙빙 돌려 이야기한다는 생각이 들었어요. (⋯) 어머니는 제게 감옥 같은 존재였습니다. 두 번 결혼하고 두 번 버림받은 어머니, 평생 글자도 숫자도 볼 줄 몰랐고, 오로지 품팔이만 하며 사신 분이죠. 사실 저는 오랜 세월 어머니의 과거가 부끄러웠습니다.[35]
어머니와 내가 함께한 시간 속에서 어머니는 나로 하여금 도떼기

---

34 우리가 파악한 모든 것이 이데올로기라면 우리는 현실을 포기해야 하는가? 만약 우리에게 현실은 없고 오직 이데올로기적 관념만 있다면, 이데올로기 개념이 모든 것에 적용된다면, 이제 이 개념은 분석 도구로서 아무런 효력도 없는 것일까? 지젝은 "그렇지 않다"라고 대답한다. 왜냐하면 그런 몸짓이야말로 탁월한 이데올로기적 제스처이기 때문이다. 만약 우리가 이데올로기를 비판하는 위치를 포기한다면, 우리는 결국 이데올로기의 불가피함에 굴복하고 말 것이다. 지젝은 이데올로기와 비이데올로기를 구분하고 이데올로기라는 유령에 맞서 투쟁해야 한다고 주장한다. 토니 마이어스, 《누가 슬라보예 지젝을 미워하는가》, 142~143쪽 참조.
35 〈김주영-삶의 아픔을 글로 토해낸 소설가〉, 네이버 지식백과 《인생스토리》, 2013.

시장 같은 세상을 방황하게 하였으며, 저주하게 하였고, 파렴치로 살게 하였으며, 쉴 새 없이 닥치는 공포에 떨게 만들었다. 그러나 그것이 바로 어머니가 내게 주었던 자유의 시간이었다. 그것을 깨닫는 데 너무나 많은 시간이 걸렸다.[36]

그동안의 작가 후기나 인터뷰에서 김주영이 주로 언급했던 것은 '지독한 가난'이었다. 김주영은 먹을 것이 없어 들판을 전전했고, 학습 준비물이나 기성회비를 내지 못해 선생님게 매 맞는 날이 많았으며, 아버지가 부재한 결손가정에서 자신의 유년은 너무나도 불행했음을 자주 언급해 왔다. 그러나 2012년 자전소설 격인 《잘가요 엄마》를 발표함으로써 오랜 세월 부끄럽게 여기고 원망해 왔던, 결코 이해할 수 없었던 어머니에 대한 억압된 기억들을 토해 낸다.

어쩌면 김주영의 소설에 등장하는 불가해한 여성들은 증상처럼 출몰하는 어머니에 대한 트라우마와 억압된 무의식의 발현일지도 모른다. 불가해한 타자로서의 어머니에 대한 기억은 김주영으로 하여금 새로운 환상들을 덧씌움으로써 다양한 여성들을 창조하도록 추동하였으며, 남성주의 의미망을 해체하는 긍정적 요인으로 작용할 수 있었을 것이다. 어머니를 이해하기 위한 관심,

---

02. 22. https://terms.naver.com/entry.nhn?docId=3576089&mobile&cid=59013&categoryId=59013

36　김주영, 〈작가의 말〉, 《잘가요 엄마》, 문학동네, 2012, 274쪽.

　　김주영 소설에 나타난 이질적 타자로서의 여성과 (탈)근대성 |

소수자를 이해하기 위한 태도 등은 정주해서 남성들의 이야기만 쓰거나 공동체의 지배적인 위치의 사람들에 주목하는 동시대 작가들과 구별되는 것으로, 70년대 이후 《객주》(1981), 〈외촌장 기행〉(1982), 《고기잡이는 갈대를 꺾지 않는다》(1988) 등으로 이어지는 김주영의 유랑의식과 '타자들의 목소리에 귀 기울이기'라는 김주영 문학의 가치를 뒷받침할 수 있을 것이다.

참고문헌

김주영, 《김주영 중단편전집 1: 도둑견습》, 2001, 문이당.

_____, 《김주영 중단편전집 2: 여자를 찾습니다》, 2001, 문이당.

_____, 《김주영 중단편전집 3: 외촌장 기행》, 2001, 문이당.

김사인, 〈풍자와 그 극복─김주영의 초기 단편〉, 《한국문학전집 36》, 삼성출판사, 1993.

김주연, 〈諷刺的 暗示의 소설수법〉(해설), 《김주영 중단편전집1: 도둑견습》, 범우사, 1979.

_____, 〈어릿광대의 사랑과 슬픔〉(해설), 《도둑견습》, 문이당, 2001.

김주영, 〈작가의 말〉, 《잘가요 엄마》, 문학동네, 2012.

박성원, 〈반(反)성장소설 연구: 김주영과 최인호 소설을 중심으로〉, 동국대 석사학위논문, 1999.

박수현, 〈거부와 공포─김주영의 단편소설 연구〉, 《인문과학연구》 40, 강원대 인문과학연구소, 2014, 83~109쪽.

_____, 〈김주영 단편소설의 반근대성 연구〉, 《한국문학논총》 제66집, 한국문학회, 2014, 201~232쪽.

송은영, 《서울 탄생기》, 푸른역사, 2018.

양선미, 〈김주영 소설 창작 방법 연구〉, 《인문논총》 제35집, 경남대 인문과학연구소, 2014, 33~52쪽.

이광호, 《환멸의 신화》, 민음사, 1995.

이경호, 〈내성(耐性)과 부정(否定)의 생명력〉(해설), 《김주영 중단편전집 3: 외장촌 기행》, 문이당, 2001.

이정우, 《주체란 무엇인가》, 그린비, 2009.

정주아, 〈도시 속 악동의 불순한 생명력〉(해설), 《여자를 찾습니다》, 책세상, 2007.

최현주, 〈김주영 성장소설의 함의와 해석〉, 《한국언어문학》 47, 한국언어문학회, 2001, 501~516쪽.

하응백, 〈의리(義理)의 소설, 소설의 의리〉(해설), 《김주영 중단편전집 2: 여자
　　를 찾습니다》, 문이당, 2001.

한영주, 〈김주영 성장소설 연구:부권 부재 상황을 중심으로〉, 중앙대 석사학위
　　논문, 2009.

황종연, 〈원초적 유목민의 발견-김주영과의 대담〉, 《김주영 깊이읽기》, 문학과
　　지성사, 1991.

_____, 〈근대성을 둘러싼 모험-서영채, 이광호의 비평에 관하여〉, 《비루
　　한 것의 카니발》, 문학동네, 2001.

슬라보예 지젝, 《이데올로기라는 숭고한 대상》, 이수련 옮김, 인간사랑, 2002.

토니 마이어스, 《누가 슬라보예 지젝을 미워하는가》, 박정수 옮김, 앨피, 2005.

프리드리히 니체, 《니체전집 13: 차라투스트라는 이렇게 말했다》, 이진우 옮
　　김, 책세상, 2014.

2부

초연결시대의 특징에 대한
인문학적 탐색

서사학과 내러티브 연결,
그리고 초연결사회의 내러티브

이민용

| 이 글은 《인문과학연구》(2021. 3.)에 실린 글을 보완하여 재수록한 것이다.　　　　　|

들어가며: 삶의 연결과 초연결시대, 내러티브 연결

우리 모두는 생명을 얻은 이후 탯줄을 통해 엄마에 연결되어 영양분을 다 공급받고 지내다 태어났다. 그리고 태어난 이후에도 탯줄이 아닌 수많은 연결을 통해 살아간다. 우리는 인간뿐만 아니라 가전제품, 교통시설, 통신제품, 컴퓨터 등에도 끊임없이 연결되어 살아간다. 이런 연결은 과거에도 있었고 시간의 흐름에 따라 점차 증가되어 온 것들이다. 이것은 연결을 매개하는 매체의 발달과도 연관이 있다. 인류 초기에 몸짓으로만 소통하며 연결되던 사람들이 말을 만들어서 음성으로 상호 연결되면서 다른 동물계와는 구분되는 인류 문명을 이루기 시작했다. 그런데 음성을 통해서 전달되는 내용은 말하는 순간이 지나면 곧 사라지고, 들리는 범위 내에서만 연결되는 시간적 한계와 공간적 한계를 안고 있었다. 이런 한계는 문자를 발명하면서 어느 정도 극복되었다. 문자로 기록된 것은 나중에도 다시 볼 수 있고, 먼 지역의 사람도 그 글을 읽으면 그 내용에 연결될 수 있었다. 메시지 연결의 시간적·공간적 확장이었다.

주로 음성과 문자를 통해 인류 역사 대부분의 시간에 이루어져 왔던 이런 연결은 19세기 말부터 전자기학이 발전하고 전기전자 매체가 발명되면서 획기적으로 증가하였다. 전신, 전화, 텔레비전 등은 공간적 거리를 획기적으로 뛰어넘어 빛의 속도로 연결되게 해 주었다. 그리고 그 연장선상에서 컴퓨터가 등장하고 인터넷과 SNS, GPS, AI(인공지능) 등이 출현함으로써 인간 삶의 연결이 이전과는 질적으로 다른 새로운 상황에 접어들게 되었다. 그래서 우리는 지금 '초연결사회hyper-connected society'에 살고 있다고까지 얘기된다. 초연결사회란 "기술의 획기적 발전으로 인간과 인간, 인간과 사물, 사물과 사물 등으로 연결 포인트가 급증하고 연결 범위가 초광대역화되면서 시공간이 더욱 압축된 생활과 새로운 성장 기회와 무한한 가치 창출이 가능한 사회를 말한다."[1] 이런 초연결시대의 중요 키워드로 빅데이터, AI, 사물인터넷IoT, 로봇, 5G 등을 떠올릴 수 있지만 초연결시대의 핵심은 단연 '연결'이라고 할 수 있다.[2]

한편 이런 연결은 스토리를 통해서 내러티브narrative(이야기) 방식으로도 이루어진다. 우리가 세상에서 소통하며 연결되어 살아가는 데 있어 중요한 수단 중 하나가 이야기이다. 이것은 우리 인간이 "스토리텔링 애니멀storytelling animal"이고[3] '호모 나랜스homo narrans'(이야기하는 인간)[4]이기 때문이다. 유발 하라리Yuval Harari가 그의 책 《사피엔스》에서 주장한 것처럼, 우리 호모 사피엔스가 지구의 지배자가 되어 오늘과 같은 문명을 이룰 수 있었던 것도 내러티브를 잘 연결하여 정체성을 유지하고 사회를 발전시킨 덕분이었다.[5] 내러티브는 인간을 중심으로 시공간 배경 속에서 의미

1 유영성 외, 《초연결 사회의 도래와 우리의 미래》, 한울아카데미, 2014, 9쪽.
2 성유진, 《초연결자가 되라》, 라온북, 2018, 31쪽.
3 알래스데어 매킨타이어, 《덕의 상실》, 이진우 옮김, 문예출판사, 1997, 318쪽; 조너선 갓셜, 《스토리텔링 애니멀》, 노승영 옮김, 민음사, 2014.
4 한혜원, 《디지털 시대의 신인류 호모 나랜스》, 살림출판사, 2010.
5 유발 하라리, 《사피엔스 : 유인원에서 사이보그까지, 인간 역사의 대담하고 위대한 질

있는 사건들을 짜임새 있게 나타내고 전달하는 것이다. 예로부터 우리는 이런 이야기를 통해서 세상을 이해하고 설명하며, 사람들과 관계를 맺고 살아왔다. 내러티브는 현실의 이야기로도 있고 문학과 예술 형식의 이야기로도 있으면서 이것들이 서로 영향을 주고받으며 상호 연결되기도 한다. 삶은 대부분 내러티브적 상황이다. 내러티브와 내러티브 아닌 것을 구별하는 기준은 인물, 사건(상황), 시간, 공간, 관점 등의 존재와 연결이다. 이런 요소들이 없고 연결되지 않으면 내러티브가 아닌 단순한 정보이거나 논설문, 사용설명서 등이 된다. 현실의 삶은 내가 내 인생의 주인공이 되어 구체적인 시간과 장소에서 다른 사람들과 연결되어 어떤 사건이나 상황을 만들고 경험하며 살아간다는 면에서 내러티브적인 것이다.

서사학과 초연결사회의 관점에서 내러티브 연결에 관해 다룬 연구는 국내에서 거의 없다. 그래서 본 글에서는 초연결시대 연결의 의미를 내러티브 연결을 중심으로 다루려 한다. 이러한 관점에서 서사학, 특히 로만 야콥슨Roman Jakobson의 소통 모델과 패트릭 오닐Patrick O'Neill의 서사층위론 및 서사구성요소 이론을 중심으로 내러티브 연결과 초연결사회에서의 그 의미에 관해 논하려 한다.

문》, 조현욱 옮김, 김영사, 2015, 20~41쪽.

서사 층위·구성 요소의 연결과
(초연결시대) 내러티브 연결

내러티브의 학문인 서사학의 관점에서 내러티브 연결에 대해 살펴보자. 서사학의 관점에서 보면 내러티브는 겉보기처럼 단순한 것이 아니다. 내러티브는 여러 층위로 연결되어 있고 각 층위에서 여러 구성 요소들이 연결되어 있다. 또한 내러티브는 내적으로 연결되어 있을 뿐만 아니라 외부적으로도 수없이 연결되어 있다. 이러한 내외적인 연결은 초연결사회의 특징을 반영하여 독특한 양상을 보이기도 한다.

내러티브는 우선 가장 간단하게 스토리＋디스코스discourse(담화, 담론)의 2층위 연결로 볼 수 있다. 시모어 채트먼Seymour Chatman은 내러티브가 기본적으로 스토리와 디스코스의 두 층위로 이루어진다고 하였다.[6] 패트릭 오닐도 서사학에서 가장 기본적인 층위는 스토리와 디스코스라고 하면서, 스토리는 내러티브의 내용이고 디스코스는 표현 층위라고 하였다.[7]

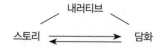

---

6 Seymour Chatman, *Story and Discourse, Narrative Structure in Fiction and Film*. Ithaca: Cornell University Press, 1978, p. 22.

7 Patrick O'Neill, *Fictions of Discourse. Reading Narrative Theory*. Toronto Buffalo London: University of Toronto Press Incorporated, 1994, p. 20.

스토리는 내러티브의 핵심 내용으로서 내러티브의 짜임새 있는 줄거리를 말한다. 그 속성상 의미구성성, 추상성, 매체전환성 등의 특징을 가지며, 초연결사회의 수많은 연결을 관통한다. 구체적인 의미의 스토리는 그 구성 요소인 인물＋사건(상황)＋시간＋공간(장소)의 연결을 포함한다. 추상적인 의미의 스토리는 짜임새 있는 줄거리로서 초연결사회 수많은 연결의 알고리즘에 해당한다.

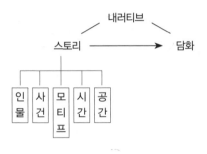

디스코스는 표현 층위의 것으로서, 서술 입장＋서술 시점＋서술 관점＋서술 심리거리＋어투(어조, 정조)＋서술 시간＋서술 공간 등이 연결되어 있다. 스토리와 디스코스의 연결 방향은 두 가지가 있는데, 스토리에서 디스코스로 연결되어 구체화되는 방향과 디스코스에서 스토리가 추출되는 방향이 그것이다. 〈춘향전〉 스토리를 글로 표현해 책으로 만들거나 영상으로 표현해 영화로 만드는 경우가 전자의 방향이라면, 제인 오스틴이 책으로 표현한 《오만과 편견》이나 그 스토리로 만든 영화를 독자나 관객이 접하고 거기서 그 줄거리를 파악해 내면에 받아들이는 경우가 후자의 방향이다.

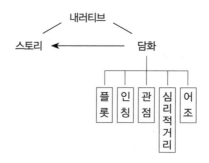

이와 비슷한 것으로 '스토리텔링'이 있다. 이것도 스토리＋텔링의 2층위 연결로 볼 수 있다. 그런데 스토리텔링은 'tell'의 의미에 포함된바,[8] 말뿐 아니라 글, 동작, 영상 등으로 표현하는 것을 포괄하는 개념이다. 곧, 모든 매체를 포괄해서 표현하는 개념이다.

한편 디스코스에는 과정으로서의 디스코스 개념과 결과로서의 디스코스 개념이 중첩되어 있다. 그래서 내러티브는 2층위론에서 더 나아가 스토리＋서술＋텍스트의 3층위가 연결된 것으로 간주되기도 한다.[9]

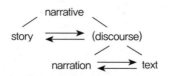

---

8 "tell: '눈앞의 상대에게 정보를 주다'라는 점에 역점이 있으며, 반드시 speak, talk 하지 않아도 되며 노래나 몸짓 따위로 tell 하여도 됨. 그 점 relate, narrate에 가깝지만, (1) 알리는 내용과 동시에 알림을 당하는 상대가 강조되는 점, (2) 미래에 대한 예측을 포함하는 점, (3) 보다 구어적인 점 따위가 이들 두 말과 다름."《영한사전》(민중서림 에센스 영한사전 제11판, 2008) 'speak' 항목 설명 중에서)(이민용 2017, 22) 참고.

9 Patrick O'Neill, op. cit., p. 20f.

스토리＋서술＋텍스트의 연결 방향은, 스토리→서술(내레이션)→텍스트 방향으로 발신자→수신자 형태의 외부적으로 표현되는 방향이 있고, 텍스트→서술→스토리로 수신자의 외부에서 수신자의 내면으로 진행되는 방향이 있다. 그래서 서술은 외적 서술 extroverted narration과 내적 서술introverted narration로 두 방향이 있다. 여기서 텍스트는 내러티브 텍스트와 비내러티브 텍스트가 있는데, 본 연구의 대상은 전자의 경우이다. 초연결사회 내러티브 텍스트의 특징은 텍스트 개념의 확장, 히포텍스트와 하이퍼텍스트 개념, 디지털 하이퍼텍스트와 기호적·문학적 하이퍼텍스트 개념으로 나누어 볼 수 있다.

초연결사회에서 텍스트 개념은 더 이상 문자 텍스트에 국한되지 않는다. 만화로 된 것, 이미지로 된 것, 영상으로 된 것 등도 포함하며 현실 자체도 텍스트로 간주된다. 이것은 이미 롤랑 바르트Roland Barthes의 다음의 말에서 확인된 것이 초연결시대에 광범위하게 확산된 것이라고 볼 수 있다. 롤랑 바르트는《텍스트의 즐거움》에서 스탕달이 인용한 어떤 텍스트를 읽고서는 프루스트가 쓴 텍스트를 떠올리고, 프루스트의 그 텍스트를 통해서 또 플로베르의 텍스트를 생각하게 된다고 이야기한다.[10] 그리고 이어서 다음과 같이 말한다.

이것이 상호텍스트inter-text이다. 끝없는 텍스트들의 외부에 텍스

---

10 롤랑 바르트,《텍스트의 즐거움》, 김희영 옮김, 동문선, 1997, 83f쪽.

트 하나가 따로 존재한다는 것은 불가능하다. 이 텍스트가 프루스트의 텍스트이든 일간신문이든 TV 화면이든 간에 말이다.[11]

여기서 롤랑 바르트는 '상호텍스트inter-text'라는 용어를 사용하며 텍스트 연결의 필연성을 밝히는 한편, 문자로 된 프루스트 소설의 내러티브 텍스트뿐만 아니라 일간신문과 TV화면도 포함하는 넓은 의미의 텍스트 개념을 얘기하고 있다.

디지털 하이퍼텍스트는 인터넷이 발달하면서 온라인상의 디지털 텍스트에 있는 연결 부분(노드node)을 클릭함으로써 여기에 연결되어 가지처럼 뻗어나가는 '링크link' 기능을 통해 연결되는 텍스트를 말한다. 이를 통해 초연결사회의 텍스트는 온라인상에서 연결을 거듭하며 꼬리를 물고 이어진다. 한편 문학적 혹은 기호학적 하이퍼텍스트는 히포텍스트에서 파생되어 연결되는 텍스트를 말한다. 이것은 제라르 주네트Gérard Genette가 처음 주창한 개념이다. 그는 텍스트 상호 간의 관계에서 내러티브가 연결되고 변용되는 순서에 따라 히포텍스트hypotext(하이포텍스트)와 하이퍼텍스트hypertext를 구분하고, 하이퍼텍스트라는 용어를 새롭게 강조했다. 주네트(Genette 1989)는 하이퍼텍스트성hypertextuality을 언급하면서 이것을 다음과 같이 정의하였다.

하이퍼텍스트성은 텍스트 B(나는 이것을 하이퍼텍스트hypertext

---

11 Roland Barthes, *Die Lust am Text*, Frankfurt am Main, 1996, 53f.

라고 할 것이다)를 이전 텍스트 A(나는 물론 이것을 히포텍스트 hypotext라고 할 것이다)에 통합하는 모든 관계를 말하며, 이 텍스트는 코멘트(주석, 논평)와는 다른 방식으로 연결된다.[12]

이는 예컨대 히포텍스트로서 게르만신화의 〈안드바리의 반지〉 이야기가 중세 서사시 〈니벨룽겐의 노래〉, 바그너의 오페라 〈니벨룽겐의 반지〉, 톨킨의 소설《반지의 제왕》, 피터 잭슨의 영화 〈반지의 제왕〉 등 하이퍼텍스트로 연결되어 가는 것을 말한다. 초연결시대에 텍스트는 넓은 개념으로도 사용되는데 소설 텍스트를 넘어서 민담 텍스트, 영화 텍스트, 현실 텍스트 등으로 확장되어 사용될 수 있다.

내러티브는 이렇게 내부적으로 연결되어 있을 뿐만 아니라 외부적으로도 연결된다. 내러티브는 고립적으로 존재하는 것이 아니라 연쇄적인 연결 고리 속에 있기 때문이다. 이를 포착하는 개념이 앞서 얘기한 하이퍼텍스트뿐만 아니라 텍스트성 혹은 텍스트 관계성, 상호텍스트성이다. 이것을 반영한 것이 내러티브 4층위론으로서, 내러티브를 스토리＋서술＋텍스트＋텍스트(관계)성의 연결로 보는 것이다. 패트릭 오닐에 따르면 내러티브를 다음과 같이 4층위 연결로 볼 수 있다.[13]

---

12 Gérard Genette, *Palimpsests: Literature in the Second Degree*. U of Nebraska Press, 1997, p.5.
13 Patrick O'Neill, op. cit. p.111.

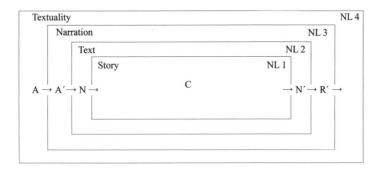

* NL: Narrative Level(서사 층위), A: Real Author(실제 작가), A´: Implied Author(내포 작가)
  N: Narrator(서술자), C: Character(등장인물), N´: Narratee(수신자), R´: Implied Reader(내포 독자)
  R: Real Reader(실제 독자)

위 그림에서 알 수 있듯이 텍스트성 층위는 작품 바깥에서 실제 작가와 실제 독자가 연결되어 있는 현실의 층위이다. 그리고 작품 내적으로 연결된 층위로 서술 층위에는 내포 작가와 내포 독자가 연결되어 있고, 텍스트 층위에는 서술자와 수신자가 연결되어 있으며, 스토리 층위에는 캐릭터들이 있다. 이들 층위 중에서 텍스트만 눈에 보이는 구체적인 층위이고, 나머지 스토리-서술-텍스트성의 세 층위는 추상적 층위로서 눈에 보이지 않는다.

로만 야콥슨은 "언어 행위에 사용하는 두 가지 기본적인 배열 양식, 즉 선택과 결합을"[14] 강조한다. 이때 언어가 스토리 방식으로 연결되면 내러티브가 되어서, 내러티브 연결에도 이 기준이 활용될 수 있다. 야콥슨의 '선택selection과 결합(연결)connection

---

14 로만 야콥슨, 《일반 언어학 이론》, 권재일 옮김, 민음사, 1989, 222쪽.

· combination' 이론은 '계열체paradigme · paradigm와 통합체syntagme · syntagm · syntagma' 이론이라고도 하는데, 이 개념 중에서 결합(연결), 즉 통합체의 기준에 따르면 내러티브 연결은 스토리×서술×텍스트×텍스트(관계)성×매체의 연결로 얘기할 수 있다. 좀 더 세부적으로 보면, 내러티브의 스토리 층위가 또 있고 이 층위에서 구성 요소들의 연결을 '인물×시간×공간(장소)×사건(상황)×모티프'의 연결로 말할 수 있다. 그리고 내러티브 서술 층위를 그 구성 요소로 보면 서술 입장×서술 시점×서술 관점×서술 심리거리×어투(어조, 정조)×서술 시간×서술 공간의 연결로 표기할 수 있다.

한편 이와 함께 각각의 결합 요소들은 계열체로서 많은 요소들을 또 집합으로 가지고 있다. 예컨대 이를 반영하여 표현하면, 인물(사람+동물+생물+사물+AI 등)×시간(과거+현재+미래)×공간(현실+가상)×사건(상황)(현실 사건+가상 사건+…)으로 말할 수 있다. 야콥슨이 밝혔듯이 이러한 계열체와 통합체는 은유와 환유의 개념으로 다시 바꾸어서 생각할 수 있다. 이렇게 더하기(+) 연결이 곱하기(×) 연결로 바뀌면 전체 연결은 산술적 증가에서 기하급수적인 증가로 바뀐다. 초연결사회는 연결(결합) 포인트들이 증가하고 각 결합(연결) 포인트들의 선택 가능성이 증가한 사회이다. 곧, 내러티브의 연결 가능성이 초연결 가능성으로 바뀐 사회라고 할 수 있다.

그런데 지금까지의 논의는 고전적 서사학 이론을 근거로 설명한 것이다. 이것들은 시클롭스키Viktor Shklovski, 토마쳅스키, 로만 야콥슨 등의 러시아 형식주의와 츠베탕 토도로프Tzvetan Todorov, 롤랑 바르트, 제라르 주네트 등의 프랑스 구조주의를 핵심 내용으로 하는 이론이다. 이 이론은 내러티브를 핵심 구조로 체계적으로 설명해 준다는 장점은 있으나 정태적이어서 내러티브 발신자·수신자의 역동성과 수용자 중심의 수용미학적 이론, 포스트모더니즘, 인지서사학 이론을 충분히 반영하지 못한다. 그래서 이것들을 반영한 포스트고전서사학으로 내러티브 연결을 설명하는 것도 필요하다. 앞에서 살펴본 구조주의적 고전서사학의 층위론을 패트릭 오닐의 견해에 따라 포스트고전서사학으로 확장하여 내러티브 연결을 설명하면 다음과 같이 표현할 수 있다.[15]

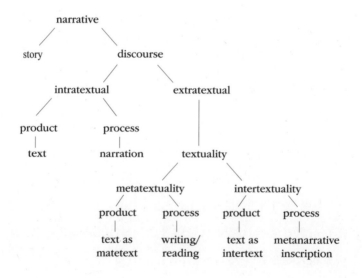

15 Patrick O'Neill, op. cit. p.121.

위의 도표에서 보듯이 텍스트는 하나가 아니고 3개이며 이것들이 방향성을 띠고 상호 연결되어 있다. 텍스트→메타텍스트→상호텍스트로의 연결 방향을 확인할 수 있으며, 디스코스도 텍스트 내적 디스코스와 텍스트 외적 디스코스로 나뉘어 서로 연결되어 있다. 고전서사학에서처럼 서사 층위들이 내부적으로만 위계적으로 연결되는 것이 아니라, 내러티브가 외부적인 역동성까지 포괄하여 다원적으로 상호작용하는 방식으로 연결되는 것을 알수 있다. 이렇게 보면 초연결사회에서 메타텍스트와 상호텍스트가 많이 생성되는 것을 이해할 수 있다. 그래서 여기서는 1차 텍스트를 바탕으로 생성된 상호텍스트의 작용력이 증가하여 이러한 상호텍스트가 사회적 담론을 이루고 집단의 정체성을 형성하기도 한다.

초연결사회에서는 매체들이 많이 등장하고 거기에 담을 콘텐츠들이 필요하게 됨으로써 관련된 텍스트들이 많이 등장한다. 전자문서, 영화 텍스트, 텔레비전 콘텐츠 텍스트, 게임 텍스트, 유튜브 콘텐츠 텍스트 등이다. 히포텍스트와 관련 하이퍼텍스트가 대거 등장하는 것이다. 한편 텍스트 층위에서는 기표의 원활한 표현도 중요하다. 대타자의 억압에서 자유로워지는 것이 중요하기 때문이다. 초연결사회에서는 많은 매체로 표현되는 텍스트가 수없이 많아지고 그로부터 연결되어 나온 메타텍스트, 이것들의 상호 연결로 생겨난 상호텍스트가 굉장히 많이 생산되며, 여기서 다시 많은 스토리가 추출되고 이것들이 다시 그 추상성과 매체전환성으로 인해 수많은 매체를 통해 연결된다.

서사 소통 모델과 (초연결시대의) 내러티브 연결

내러티브가 소통되어 연결되는 것은 여러 측면에서 접근할 수 있다. 내러티브를 담는 형식인 문학이나 영화 등의 예술 장르에서 접근할 수도 있고, 내러티브가 표현되는 기호와 그 기호를 담는 매체의 관점에서 접근할 수도 있다. 시모어 채트먼은《스토리와 담화》에서 내러티브가 연결되어 소통되는 모델을 다음과 같이 제시하였다.[16]

실제 작가…→‖내포 작가→(화자)→(청자)→내포 독자‖…→
실제 독자

Real author→Implied author→(Narrator)→(Narratee)→Implied reader→
Real reader

채트먼의 이 모델에는 소통되는 내용에 대한 언급이 빠져 있고, 작가가 독자에게 전달하는 문학작품 내러티브를 전제로 하고 있다. 이를 바탕으로 필자가 그 내용을 메시지로 보충하고 다른 형식의 내러티브(예컨대 영화 내러티브)까지 염두에 두고 그 연결을 표현하면 다음과 같다.

실제 작가 …→‖내포 작가 → (화자) → 메시지 → (청자) → 내포

---

16 S. Chatman, op. cit. p.151.

독자 ‖ … → 실제 독자

실제 감독 … → ‖ 내포 감독 → (화자) → 메시지 → (청자) → 내포 관객 ‖ … → 실제 관객

이것들은 문학과 예술의 허구적 내러티브를 대상으로 한 것이다. 이것을 현실의 내러티브 소통 모델로 바꿔 볼 수도 있다. 그러면 여기서 실제 작가는 내러티브 실제 발신자가 되고 실제 독자는 내러티브 실제 수신자가 될 것이다.

내러티브 실제 생산자 … → ‖ 내러티브 내포 생산자 → (화자) → 메시지(내러티브) → (청자) → 내러티브 내포 수용자 ‖ … → 내러티브 실제 수용자

내러티브는 독자나 청중에게 직접 전달되어 연결될 수도 있고 전달자를 통해 연결될 수도 있다. 그래서 위에서는 화자와 청자가 괄호 속에 표현되었다. "직접 전달은 예컨대 청중들이 엿듣는 것과 같다. 반면에 중재된 서술은 어떻게든 화자로부터 청중에게 커뮤니케이션되는 것을 말한다. 이것은 본질적으로 플라톤의 미메시스mimesis와 디에게시스diegesis의 구분, 현대적 용어로는 '보여주기showing'와 '말하기tellin'g에 해당된다."[17] 현실에서 내러티브

---

17   S. Chatman, op. cit. p.146.

를 생산해서 제공하는 경우 보통은 자신의 내러티브를 행동과 언어로 직접 전달하는 것이어서 화자가 따로 필요 없는 상황이거나 본인이 직접 화자와 중첩된다고 할 수 있다. 그러나 예컨대 A라는 사람이 자기 아버지의 이야기를 친구에게 들려주는 경우는 전달되는 아버지 이야기의 화자가 A가 되는 것처럼 화자가 따로 등장하는 경우도 있다.

한편 위에서 보듯이 내포 작가는 실제 작가와 구별해서 사용되는 개념이다. 실제 작가가 현실 세계에서 다양한 행동을 하며 살아가는 존재라면, 내포 작가는 작품 내러티브를 생산하는 과정에 관여하고 있는 실제 작가의 제2의 자아라고 할 수 있다. 실제 작가는 한 사람이더라도 그가 만든 서사물이 여럿이라면 그에 따라 내포 작가는 여럿일 수 있다. 그런데 문학과 예술의 내러티브 소통 모델에서 등장하는 내포 작가 개념이 현실의 내러티브 상황에서는 내러티브 활동을 하는 상황에 개입되어 있는 존재로 상정해서 고려될 필요가 있다. 예컨대 A라는 인물이 있는데 학급회장으로서 학급회의에 참여하여 회의를 주도하는 A(2)는, 운동장에서 축구를 잘하는 학생이고 복도에서 장난을 잘 치는 개구쟁이이고 집에서는 부모님 말씀에 잘 대꾸하는 말썽꾸러기인 A(1)과 다른 면모와 태도, 마음가짐을 갖고 있는 인물이다. 이럴 때 A(1)과 A(2)를 구별해서 판단할 필요가 있다. 이렇게 내러티브 소통에서 나타나는 내포 작가와 내포 독자 개념을, 현실에서 관련 내러티브를 만들어서 보내고 받아서 수용하는 상황에 관여되어 있는 것으로 상정되는 내러티브 생산자와 수용자로 바꾸어 생각할 수 있다.

이런 점에서 초연결시대에는 특히 연결이 많아진 사회이기 때문에 각 내러티브 연결 상황에 내포되는 내러티브 생산자의 입장과 태도, 관점 등을 함께 고려하는 것이 필요하다.

지금까지 문학과 예술의 내러티브와 현실의 내러티브를 함께 고려해 볼 수 있는 지점을 살펴보았다. 그런데 이런 내러티브 소통 모델은 여기에 아직 상황이나 매체 등이 고려되지 않은 단선적인 모델이다. 그래서 조금 더 입체적인 모델로서 로만 야콥슨의 커뮤니케이션 모델에 관심을 기울일 필요가 있다.

내러티브가 소통되어 연결되는 것도 일종의 커뮤니케이션이다. 내러티브를 발신하는 사람과 수신하는 사람이 있어서 그 사이를 내러티브가 연결하는 것으로 이해할 수 있다. 내러티브를 통해 정보가 소통되는 것으로 보면 정보소통 모델로 설명할 수도 있다. 따라서 커뮤니케이션 모델, 혹은 정보소통 모델로 접근할 수도 있는데, 이런 모델로 로만 야콥슨의 커뮤니케이션 모델이 있다. 야콥슨은 언어학자로서 언어와 관계된 것에 광범위한 관심을 갖고 연구하였다. 그가 많이 연구한 분야는 언어로 된 문학, 특히 시와 관련된 분야였지만, 그의 업적이 두드러진 곳은 일반 언어학 분야이다. 그가 자신의 이론을 전개시키는 과정에서 제시했던 커뮤니케이션 모델을 통해 초연결시대의 내러티브 소통에 관해 생각해 보기로 하자. 야콥슨은 다음과 같이 커뮤니케이션 행위의 구성 요소를 여섯 가지로 나누고 설명한다.[18]

---

18 로만 야콥슨, 《일반 언어학 이론》, 216쪽.

상황

발신자 ——— 메시지 ——— 수신자

접촉

코드

　위의 모델에서는 발신자, 메시지, 수신자만 서로 연결되어 있는 것으로 보인다. 그러나 커뮤니케이션이 제대로 이루어지려면 6개의 필수 요소들이 모두 서로 연결되어 있어야 한다. 예컨대 발신자-상황-수신자도 연결되어 있어야 하는 것이다. 야콥슨도 "발신자destinateur · addresser는 수신자destinataire · addressee에게 메시지를 보낸다. 하나의 메시지가 발동하려면 언급되는 상황contexte · context 이 필요하다"[19]고 말한다. 이외에도 정보가 소통되려면 발신자-접촉-수신자, 발신자-코드-수신자, 코드-접촉-메시지-상황 등으로 관련 요소들이 서로 연결되어 있어야 한다. 위의 모델은 내러티브 소통 모델일 수도 있고 아닐 수도 있다. 그중에서 커뮤니케이션에 필수적인 위의 요소 중 메시지가 스토리를 포함하게 되면 위의 모델은 내러티브 소통(연결) 모델이 된다.
　한편 위의 모델을 전체적으로 보면, 앞서 얘기한 대로 우리의 삶이 내러티브 구조와 비슷한 것처럼, 이것은 내러티브적인 것이

19　로만 야콥슨,《일반 언어학 이론》, 215쪽.

다. 내러티브의 핵심 요소인 인물, 사건(상황), 시간, 공간(장소) 등이 모두 있으면 내러티브이고, 많은 부분이 없으면 내러티브가 아니라고 할 수 있다. 그런데 위에서 발신자와 수신자는 인물에 해당되고, '상황'에는 발신자와 수신자가 관여되어 있는 시간과 공간(장소)이 전제되어 있으며, 내러티브를 말이나 글, 행동 등으로 전달하고 전달받는 행위는 하나의 '사건'으로 볼 수 있다.

위 도표의 '코드'와 관련해서 야콥슨은 "필요한 코드는 안전하게, 아니면 적어도 부분적으로 발신자와 수신자(다른 말로, 메시지에 대해 코드화하는 이encodeur · encode와 코드를 해독하는 이décodeur · decoder)에게 공통적인 것이라야 한다"[20]라고 말한다. 내러티브가 발신자에게서 수신자로 연결되기 위해서는 발신자와 수신자가 서로 소통할 수 있도록 메시지가 코드화되어 있어야 한다. 이때 코드는 발신자와 수신자가 이미 공유하고 있는 것이고, 다른 한편으로는 매체와도 긴밀하게 연결되어 있다. 코드는 매체의 문법에 따라 이루어지기 때문이다. 언어라는 매체로 소통하려고 하면 일단 서로 이해할 수 있는 언어로 코드화되어야 한다. 발신자가 러시아어로 코드화한 경우 수신자가 러시아어를 모르면 그 내러티브는 수신자에게 연결되지 않을 것이다. 발신자와 수신자가 공유하는 언어의 어법으로 코드화되어야 내러티브가 연결될 것이다. 예컨대 발신자와 수신자가 모두 러시아어를 이해한다면 러시아어 문법(어법)에 맞게 코드화되어야 소통될 것이다. 러시아

---

20 로만 야콥슨,《일반 언어학 이론》, 216쪽.

어의 단어를 무질서하게 발설하는 것만으로는 메시지가 될 수 없기 때문이다.

이렇게 소통 모델의 코드는 항상 매체를 전제로 한다. 내러티브를 말로써 소통하는 경우 "코드화 과정은 의미에서 소리로, 그리고 어휘-문법적인 차원에서 음운론적인 차원으로 이해된다. 반면 코드 해독 과정은 그 반대의 방향을 보여 준다. 즉 소리에서 의미로(…)의 과정이다."[21] 초연결사회에서는 근대에 이르기까지의 과거와 비교해서 그 이전에 없던 매체들이 더욱 많이 활용된다. 텔레비전, 영화, 스마트폰, 컴퓨터 등의 매체가 갖고 있는 고유한 문법에 걸맞는 코드화를 통해 메시지가 소통된다. 이 경우 코드를 해독할 때 해당 매체의 문법이 고려되지 않으면 안 된다. 이로써 초연결사회에서는 매체가 많아짐에 따라 매체의 문법에 따른 코드의 종류가 더 많아지고, 이렇게 더 많아진 코드를 통해 연결되는 내러티브도 훨씬 더 많아지게 된다.

코드화는 발신자와 연결되고 코드 해독은 수신자와 연결되는데, 초연결사회에서는 발신자가 인간뿐 아니라 사물이거나 인공지능 컴퓨터일 수도 있다. 이럴 때 코딩의 내용과 질도 달라진다. 사람이 아닌 인공지능 컴퓨터에게 코딩을 하는 경우, 알고리즘 방식도 마찬가지지만 특히 발신자가 사람이 아닌 AI(인공지능)여서 AI 스스로 코딩을 하게 될 때, 그 알고리즘이 인간은 이해할 수 없는 것일 수도 있다. 메시지가 AI들끼리만 아는 코드로 코딩

---

21 로만 야콥슨,《일반 언어학 이론》, 100쪽.

되어 사물이나 다른 AI에게 연결되는 방식으로 전달될 수도 있는 것이다. 이럴 때 내러티브 연결 소통의 내용과 질은 인간들끼리의 내러티브 소통과 많이 달라질 것이며, 이로써 궁극적으로 인간소외가 문제가 될 수 있다. 이는 특히 기술자본과 권력을 쥔 인간에 의한 인간의 소외뿐만 아니라 기계에 의한 인간의 소외, AI에 의한 인간의 소외로 나타날 가능성이 크다.

한편 코드화는 물리적 코드화만이 아니라 정신적 코드화도 생각해 볼 수 있다. 특히 초연결사회에서는 사람들이 정신 코드의 내러티브에 집단적으로 연결되는 경우가 많아진다. 초연결사회에서는 매체 선택이 과거에 비해 훨씬 자유로워졌기 때문이다. 예전에는 방송 프로그램을 접하려면 TV와 공중파 방송이라는 매체에만 실시간으로 수동적으로 접속해야 했다면, 요즘은 유튜브를 통한 접속이 자유로워져 주체가 능동적으로 선택해서 아무 때나 내러티브를 접할 수 있다. 앞의 커뮤니케이션 모델에서 '접촉 contact'은 연결이다. 발신자와 수신자의 접촉이고 발신자와 수신자가 코드에 접속해서 메시지를 연결해 전달하는 접속이다. 초연결사회에서는 이 접촉이 다양한 방식으로 이루어진다. 대면 접촉뿐만 아니라 비대면 접속도 가능하다.

초연결사회 내러티브 연결의 의미와 서사 능력

야콥슨의 커뮤니케이션 모델은 초연결사회의 단순한 정보 메시지뿐만 아니라 내러티브 메시지의 소통과 연결도 설명할 수 있다. 초연결사회 내러티브 연결의 특징을 살펴보면, 연결 방식이 다양해지고 비대면 접속의 가능성이 증대됨에 따라 많은 사람들이 동시에 연결되는 가운데 익명성도 가능하다. 그런데 이러한 익명의 비대면 군중 속에서 개개인은 고독을 느낄 수 있다. 야콥슨의 모델에서 연결(접촉, 접속)은 코드와 연결되는 것만이 아니라 발신자와 코드와 수신자가 연결되고 발신자와 상황·수신자가 함께 연결되어야 한다. 이때 현실 공간을 공유하면서 많은 시간 동안 의미 있는 경험을 함께해야 관계가 깊어지는데, 관계가 깊지 않고 얕은 상태로 넓게 연결되기 쉽다. 예컨대 어떤 사건을 디지털 정보로 접하고 이에 대해 댓글로 연결하는 경우, 깊이 있는 이해와 공감이 쉽지 않아서 악플로 표현되는 경우가 많다.

이러한 접촉은 면대면 접촉이 아니기 때문에 시간적 제약과 공간적 제약을 뛰어넘는 경우가 많다. 내러티브의 연결 범위가 크게 넓어지면서 시공간이 압축된 방식으로 연결되는 것이다. 초연결사회에서 내러티브가 다양해지면서 사회 속 이질성도 증가하는데, 이러한 내러티브 이질성이 내러티브 연결로 이어질 수 있으려면 그것들은 공존의 맥락에 있어야 하고 그런 집합 속에서 변별 자질로서 작용될 필요가 있다.

초연결사회에서 내러티브 연결은 발신자와 수신자가 각각 다수로 이루어진 신경망, 통신망 같은 망상網狀 구조로 되어 있다. 따라서 연결이 폭증하는 사회이다. 그런데 연결이 폭증한 것에 비해서 그것에 투여될 수 있는 현실적인 시간, 즉 내러티브 내면

서술 시간은 누구나 하루 24시간으로 제한되어 있어 연결의 깊이나 질이 얕아질 수밖에 없다. 그래서 초연결사회의 인간을 '얕팍한 사람shallow person'이라고 말하기도 한다.

초연결사회에서 내러티브의 연결은 재미와 의미를 주고, 연결감으로 소외감 감소, 몰입감, 위안을 줄 수 있다.[22] 또한 정보를 전달하고 일자리나 돈, 성공을 가져다주기도 한다. 그러나 그 그늘도 넓게 드리워져 있다. 이제 우리는 '함께 있으나 따로따로인alone together' 상황에[23] 익숙하다. 식탁에서든 친구들 모임에서든 각자 자신의 휴대폰에 코를 박고 있는 경우가 드물지 않다. 이외에도 디지털 피로감, 스트레스, 시간 낭비, 중독, 프라이버시 침해(개인정보 유출), 편가름, 정보의 홍수와 진실 파악의 어려움, 얕팍함 등의 부작용이 있다.

그 이유 중 하나는 초연결사회에서도 내러티브 서술 시간과 서술 공간은 현실적인 것이고 유한한 리소스를 갖기 때문이다. 유한한 리소스에서 수많은 연결이 이루어지는 초연결사회에서는 그 연결의 빈도에 반비례해서 심도는 얕아질 수밖에 없다. 그래서 깊이 있는 사고와 지속적인 관계가 어려울 수 있고, 피상적인 관계에 그칠 수가 있다. 또 폭증하는 정보를 받아들이는 내적 서술의 시간이 유한하기 때문에 문자 내러티브보다는 이미지나 영

---

22 메리 차이코, 《초연결사회》, 배현석 옮김, 한울아카데미, 2018, 85 · 242 · 314쪽.
23 Sherry Turkle, *Alone Together: Why We Expect More from Technology and Less from Each Other*, Basic Books, 2017.

상 내러티브를 선호하기 쉽고, 이는 사람들을 이성적인 것보다 감성적인 방향으로 기울게 한다.

한편 내러티브가 가지고 있는 재미와 흥미를 유발하는 힘은 사람들을 게임중독, 인터넷중독에 빠지게 하는 측면도 있다. 이것은 내러티브의 스토리가 정신의 동력전달 장치(기어, 벨트)와 같은 기능을 하기 때문이다. 그래서 우리가 타자에 의해 생산된 스토리에 수동적으로 연결되면 자신의 정신 에너지가 휩쓸려 돌아가게 된다. 이때 정보와 재미를 전달받을 수 있으나, 자신의 현실 시간도 함께 돌아가며 사용된다. 따라서 내러티브 역량narrative competence을 잘 길러서 주체적으로 사용하는 것이 중요하다. 내러티브 서술 층위에서는 서술 시간과 서술 관점, 서술 심리거리 등을 잘 조정하고, 스토리의 층위에서는 유익하고 건강한 내면의 스토리를 풍성하게 견지하는 것이 중요하다. 세상을 움직일 수 있는 자신만의 가치 있는 스토리를 만들어 타인을 설득하고 세상의 원리와 필요에 부응하는 스토리를 만들 수 있으면 좋을 것이다. 초연결시대에는 이른바 4C, 즉 "비판적 사고critical mind, 소통 communication 능력, 협동cooperation 능력, 창의성creative"[24]이 필요하다고 한다. 비판적 사고는 현실에 대한 자기 이야기의 서술 층위에서 태도와 관점, 심리적 거리 등을 잘 조절함으로써 강화될 수 있으며, 소통 능력은 내러티브 연결 능력으로 길러질 수 있다. 그리고 협동 능력은 각자 내면의 스토리를 현실 속에서 서로 연결하

---

24 이정전, 《초연결사회와 보통사람의 시대》, 여문책, 2019, 332쪽.

는 행동적 서술(실천) 활동에서 나타날 수 있으며, 창의성은 스토리 층위에서 의미 있는 스토리 창출로 개발될 수 있다.

마무리하며

지금까지 내러티브 연결에 대해 초연결사회와 서사학, 특히 서사 층위와 서사 구성 요소 및 서사 소통 모델 이론을 중심으로 살펴보았다. 내러티브가 내부적으로 서사 층위들이 연결되어 이루어지는 것이라 할 때, 스토리-텍스트-서술의 세 층위를 중심으로 내러티브 연결에 대해 살펴보고, 각 층위에서 인물-사건-시간-공간 등의 스토리 구성 요소들과 태도-관점-거리 등의 서술 요소 등이 연결되어 내러티브가 구성되는 면도 들여다보았다. 또한 내러티브가 외부적으로도 서로 연결되는 측면에 주목하여 서사 3층위론에 텍스트(관계)성을 추가하여 서사 4층위론으로 내러티브 연결에 대해 살펴보고, 로만 야콥슨의 커뮤니케이션 모델을 통해 내러티브 소통 요소들과 그것들의 연결 구조에 대해 초연결사회의 내러티브 연결과 연관지어 보았다. 이로써 내러티브가 초연결시대에 서사 층위와 구성 요소 및 서사 소통 모델에 따라 내외적으로 서로 연결되는 방식으로 초연결사회의 특징을 반영한 형태로 이루어지고 있음을 확인하였다. 따라서 초연결시대에 내러티브 연결의 특징들을 잘 인식하고 건강한 내러티브 능력을 길러서 내러티브 연결을 효과적으로 조정하며 활용해야 함을 강조하였다.

내러티브는 내부적으로나 외부적으로 연결됨으로써 그 효과를 발휘한다. 이것은 내부적으로 서사 층위의 연결과 각 층위 구성 요소들의 연결로 만들어지며, 외부적으로는 서사 소통 구조에 따라 연결되어 소통된다. 내러티브의 내부 연결이 달라지면 내러티브 자체가 달라지고 이후 내러티브의 외부 연결도 달라지기 때문에, 내부 구성 요소와 층위 연결도 중요하다. 개별 내러티브는 외부적으로도 연결되어 기능하게 되는데, 내러티브를 담고 있는 하이퍼텍스트, 메타텍스트, 상호텍스트 등의 방법으로 연결된다. 이런 내러티브들은 기억에서 연결되어 개인의 정체성을 형성하고 집단적으로 연결되어 사회의 담론을 형성할 수도 있다.

초연결시대 내러티브의 이런 연결들은 초연결사회의 특징을 반영한 형태로 이루어지고 있다. 이 시대에 내러티브 연결의 양은 대폭 증가한다. 내러티브로 연결되는 매체도 많아졌고 내러티브에 연결되는 시간도 늘었다. 그래서 게임중독과 시간 소비, 스트레스 증가 등의 부작용이 생기고, 내러티브 연결의 심도와 깊이는 오히려 감소했다. 내러티브 연결의 홍수 속에 살게 된 초연결시대에 우리는 내러티브 초연결의 문제들을 잘 인식하고 스스로 건강하고 풍족한 스토리를 만들고 견지하는 한편, 튼튼한 내러티브 서술(실천) 능력을 길러서 연결과 단절의 적정한 비율 유지 등 내러티브 연결을 잘 조정하며 활용하는 것이 중요하겠다.

참고문헌

로만 야콥슨,《일반 언어학 이론》, 권재일 옮김, 민음사, 1989.

롤랑 바르트,《텍스트의 즐거움》, 동문선, 1997.

메리 차이코,《초연결사회》, 배현석 옮김, 한울아카데미, 2018.

성유진,《초연결자가 되라》, 라온북, 2018.

유발 하라리,《사피엔스 : 유인원에서 사이보그까지, 인간 역사의 대담하고 위대한 질문》, 조현욱 옮김, 김영사, 2015.

유영성 외,《초연결 사회의 도래와 우리의 미래》, 한울아카데미, 2014.

이민용,《스토리텔링 치료》, 학지사, 2017.

이정전,《초연결사회와 보통사람의 시대》, 여문책, 2019.

조너선 갓셜,《스토리텔링 애니멀》, 노승영 옮김, 민음사, 2014.

한혜원,《디지털 시대의 신인류 호모 나랜스》, 살림출판사, 2010.

Dieter Gutzen · Norbert Oellers · Jürgen Petersen, 《독일문예학 입문》, 한기상 · 권오현 옮김, 탐구당, 1988.

Alasdair C. MacIntyre, *After virtue: a study in moral theory. 2nd ed. Notre Dame*, Ind. : University of Notre Dame Press, 1984. (알래스데어 매킨타이어, 이진우 옮김, 《덕의 상실》, 문예출판사, 1997.)

Gérard Genette, *Palimpsestos. La Literatura en segundo grado*. Madrid: Taurus, 1989.

Gérard Genette, *Palimpsests: Literature in the Second Degree*. U of Nebraska Press, 1997.

Patrick O'Neill, *Fictions of Discourse. Reading Narrative Theory*. Toronto Buffalo London: University of Toronto Press Incorporated, 1994, 1996. (피트릭 오닐, 《담화의 허구: 서사 이론 읽기》, 이호 옮김, 예림기획, 2004)

Roland Barthes, *Die Lust am Text*, Frankfurt am Main, 1996.

Seymour Chatman, *Story and Discourse, Narrative Structure in Fiction and Film*. Ithaca: Cornell University Press, 1978.

Sherry Turkle, *Alone Together: Why We Expect More from Technology and Less from Each Other*. Basic Books, 2017.

빅데이터와 사물인터넷 시대의
인문학적 상상력
: 영화 〈마이너리티 리포트〉 다시 읽기

유강하

｜ 이 글은 《시민인문학》 제30권(2016)에 실린 글을 보완하여 재수록한 것이다.　　｜

인간, 시스템 속 불완전 변수

빅데이터big data는 말 그대로, 커다란 데이터를 의미한다. 빅데이터는 단순히 용량volume만 큰 것이 아니다. 빅데이터는 다른 것과 비교할 수 없을 정도의 빠른 속도velocity와 다양성variety을 자랑한다. 빅데이터는 기존 샘플 조사의 단점을 보완한 전수조사라는 방법으로 더 정확하고 빠른 예측을 가능하게 했고, 이는 이미 현실에 적용되고 있다. 빅데이터, 사물들things 사이를 연결하는 사물인터넷IoT은 인류의 꿈을 실현시켜 줄 구세주처럼 보이는 게 사실이다. 빅데이터와 사물인터넷이 지금까지 이루어 낸 것만으로도 사람들은 한껏 기대하게 된다.

빅데이터와 사물인터넷이 각광받는 이유 가운데 하나는 미래에 대한 예측이다. 인류에게 미래는 줄곧 미지의 세계였고 결코 도달할 수 없는 곳이었기 때문에, 과학에 기반한 '예측'은 매우 매력적인 것으로 다가온다.

고대사회에서 미래를 예측할 수 있는 유일한 존재는 예언자였는데, 과학이 발달하면서 종교와 신비주의를 통한 미래 예측은 미신이나 근거 없는 비과학적인 것들로 간주되어 왔다. 이제 데이터와 과학, 합리적 분석으로 무장한 빅데이터와 사물인터넷이 미래를 내다보는 고대 예언자들의 예지력을 대체하고 있다.

빅데이터가 제공하는 '예측'에 대한 기대는 긍정적 측면의 강화와 부정적 측면의 억제에 집중된다. 사람들은 에너지 절감이나 편리한 공공서비스의 확대, 범죄 위험 감소와 치안에 대해 높은 기대를 건다. 흉악범죄와 테러 등의 위험에 노출되어 있는 현대인들에게 안전에 대한 믿음, 범죄 예방을 통한 안전사회의 구축은 이미 충분히 매력적이다.

빅데이터, 사물인터넷이 만들어 낼 미래에 대한 상상력은 이미 다양한 영화를 통해 구현되었다. 사람들은 기술이 이루어 줄 유토피아를 꿈꾸기도 했는데, 스티븐 스필버그Steven Spielberg 감독의 영화 〈마이너리티 리포트Minority Report〉(2002)는 완벽한 세상을 향한 사람들의 엇갈린 욕망과 목소리를 잘 보여 준다.

영화 〈마이너리티 리포트〉는 2054년 워싱턴 D. C.를 배경으로 한다. 작품에 묘사된 미래는 범죄 없는 세상, 누구나 마음 놓고 살아갈 수 있는 안전한 세계이다. 모든 범죄 의도가 사전에 포착되는 세상에서 계획범죄란 어리석은 짓으로 간주된다. 세 명의 예지자pre-cogs들의 비전vision을 시각화하는 사물인터넷은 사람들에게 앞으로 일어날 범죄를 가시적 데이터로 보여 준다. 미래에서 일어날 범죄는 예지자들에 의해 포착되어 사물인터넷으로 전달되고, 예비범죄자들은 범죄예방국 요원들에 의해 '미리' 체포됨으로써 범죄율 0퍼센트의 안전한 도시가 유지된다.

아들을 유괴 사고로 잃은 후, 범죄예방시스템Pre-Crime System의 신봉자가 된 범죄예방국 요원 존 앤더튼은 자신이 살인예정자로 지목되는 믿을 수 없는 상황에 놓이게 된다. 피살예정자가 모르는 사람일 뿐만 아니라, 아무런 살해 동기도 없었던 앤더튼은 예측된 미래를 받아들일 수 없었고, 결국 자신의 무고함을 증명하기 위해 시스템의 감시를 피하며 위험을 무릅쓴다. 이 과정에서 앤더튼은 예지자들이 보는 미래vision가 언제나 동일한 것이 아니라는 것, 예지자들의 비전이 다르게 나타날 때 다수의 의견인 머저러티 리포트majority report만 전달되고 소수의견인 마이너리티 리포트는 삭제된다는 사실을 알게 된다. 그는 그토록 신뢰했던 범죄예방시스템이 불완전하다는 것을 깨닫는다.

예지자 가운데 한 명인 아가사를 납치해 달아난 앤더튼은 자신의 마이너리티 리포트를 찾으려고 하지만 실패한다. 그것은 앤더튼이 조작되어 시스템화된 시나리오의 한가운데 있었기 때문이다. 앤더튼은 잘 짜인 시나리오에 따라 범죄가 예견된 장소에 도착했고, '피살예정자'였던 아들의 살해범과 마주하게 된다. 아가사는 앤더튼에게 예정된 미래와 다른 선택을 할 수 있다고 설득하고, 결국 앤더튼은 시스템과 반대되는 선택을 한다.

이 장면은 사람의 의지나 순간적 선택이 중요한 변수가 될 수 있고, 그럴 때 시스템의 예측은 오류로 이어질 수 있음을 보여 준다. 사람의 선택에는 이성뿐만 아니라 감정이나 정서의 요인이 크게 개입하고, 생각이나 감정의 순간적 변화 등이 중요한 변수로 작용할 수 있다는 것을 잘 설명한다. 인간은 "사물지능통신의 그물망 안에서 비교적 불완전한 변수"[1]이다.

---

1 임태훈, 《검색되지 않을 자유》, 알마, 2015, 55쪽.

빅데이터와 사물인터넷 시대의 인문학적 상상력 |

빅브라더의 소환

빅데이터와 사물인터넷은 예측의 신뢰성을 높였지만, 어떤 부분에서의 예측은 위험한 요소를 내포한다. 영화에서 직접적으로 다루는 공공안전에서의 예측이 그런 경우인데, 이 예측을 그대로 실생활에 받아들일 경우 예방이라는 명목 아래 발생하지 않은 사건에 대한 처벌과 구속, 차별적 대우를 가능하게 한다.

테러, 범죄 등 끊이지 않는 사고의 위험에 노출되어 살아가는 현대인들에게 공공안전, 치안은 매우 민감한 문제일 수밖에 없다. 현실은 점점 불안하고 위험한 곳이 되어 가고 있기 때문에, 더 많은 CCTV를 설치하고 한 걸음 더 나아가 인간의 생각을 스캔하는 사물인터넷을 개발해야 한다는 주장까지도 제기된다. 터커Patrick Tucker는 안구의 움직임, 생각까지 스캔당하는 것이 끔찍한 사실이라는 점을 인정하지만, 경찰관이 자기가 본 바를 근거로 의도를 추론하는 것보다는 정확한 예측을 할 수 있기 때문에 바람직하다고 주장한다.

공항에 컴퓨터 행동 감시 시스템이 있다는 사실이 섬뜩하게 느껴질 수도 있지만 경찰관이 자기가 본 바를 근거로 의도를 추론하는 미래보다는 거짓말을 탐지하기 위해 로봇이 안구 움직임과 안면 열기 지도를 분석하는 미래가 바람직하지 않은가?[2]

2　패트릭 터커, 《네이키드 퓨처-당신의 모든 움직임을 예측하는 사물인터넷의 기회와

공공의 안전을 위해서라면 개인의 사적인 감정이나 생각까지 스캔당하는 것도 감수해야 한다는 주장인데, 도처에 장착된 감시 시스템은 빅브라더의 스크린과 디스토피아로 이어지는 불온한 미래를 떠오르게 한다. 범죄에 대한 '예측', 높은 '가능성', '확신'에 대한 정의는 섬세하게 구별될 필요가 있다. 감시 시스템의 신봉자들조차 범죄 예측에 대한 확신은 어렵다고 말하고, 빅데이터 신봉자들 역시 모든 범죄가 매개변수화 모델에 깔끔하게 들어맞지 않을 것이라는 데 동의한다. 그럼에도 불구하고 그들은 충분한 데이터가 있다면 피해자 지수 점수를 산출하는 공식이나 알고리즘을 만들 수 있을 것이고, 이것이 용의자 그룹을 설정하는 데 유용한 역할을 하게 된다고 말한다. 또한 개인이 본인의 행동을 수정하기 위해 피해자 점수를 사용할 수 있다는 점에서 유용하다고 주장한다.[3]

그러나 이 논리는 고위험군으로 분류된 사람들에 대한 감시와 차별 등을 정당화할 수 있다는 점에서 문제적이다. 이러한 우려는 텔레비전 시리즈인 〈마이너리티 리포트〉에서 좀 더 구체화되어 나타난다. 이 드라마에서는 좀 더 과학적인 방식, 즉 '호크-아이Hawk-eye'를 통한 범죄와 위험의 예측을 선보이지만, '아직 발생하지 않은 사건에 대한 구속과 처벌'이라는 불안 요소는 완전히 제거되지 않는다. 드라마 속 베가 형사의 반발은 그 염려를 잘 말해 주고 있다.

위협》, 이은경 옮김, 와이즈베리, 2014, 321쪽.
3   패트릭 터커, 《네이키드 퓨처》, 347~348쪽.

시스템 도입자 "기계는 사람들이 보는 것, 읽는 것, 사는 것, 심지어 사람들이 느끼는 것까지 알 수 있습니다. 그리고 기계는 우리에게 공공의 안전에 위협이 될 사람을 말해 줄 것입니다. 호크-아이 알고리즘은 패턴을 알아차릴 수 있습니다. 이 남자의 경우, 시스템을 통해 고위험군으로 분류되었습니다. 호크-아이는 그를 근접 감시 대상에 두고 의심스러운 행동을 확인함으로써, 그의 삶을 구할 수 있었습니다."

형사 베가 "그럼 이렇게 말해야겠군요. 선생님, 죄송하지만 당신은 걱정스러워 보여 체포되셨습니다."(드라마 〈마이너리티 리포트〉(S01E03), 2015)

문제는 그러한 예측이 가져오게 될 위험 가능성이다. 이 가능성은 위험할 뿐만 아니라 위협적이다. 사전에 예방하기 위한 예측 처벌은 발생하지 않은 일에 대한 처벌을 의미하므로 위험부담이 크다. 설령 예비처벌이 범죄율 저하라는 결과를 보여 준다 하더라도, 범죄 가능성만으로 처벌하는 것은 여전히 문제적이다. 범죄 없는 완벽한 세상에는 가까이 갈 수 있겠지만, 인간은 더욱 소외될 수밖에 없다.

데이터의 생성과 조작, 그 가능성

빅데이터와 사물인터넷의 사용에 있어 위협 요소가 되는 것은 사용에도 있다. 쉰버거Viktor Mayer-Schönberger는 개인정보의 침해보다 더욱 심각한 것은 그것을 사용하는 사람들의 윤리와 책임성에 있다고 말한다. 윤리, 책임, 양심 등은 법이나 시스템으로 강제하기 어렵다. 그들에게 책임의식과 윤리성을 요청할 수 있을 뿐인데, 이러한 유연하고도 정중한 요청은 예상되는 위험과 위협에 유용한 방어막이 되지 못한다. 데이터 조작 등의 문제는 단 한 사람의 비윤리적 행위만으로도 재앙을 초래할 수 있기 때문이다.

이 우려를 쉽게 떨쳐 낼 수 없는 또 다른 이유는, 이것이 인간의 욕망과 깊이 맞물려 있기 때문이다. 빅데이터 사용의 유용성 입증은 이윤(때로 공익으로 포장되기도 했지만) 추구와 발생에서 시작되었다. 이것은 기업의 이윤뿐만 아니라 인간(단체나 개인)의 이익 추구와 욕망 실현에 비윤리적으로 사용될 수 있다는 것을 의미하며, 심한 경우 데이터의 오용·조작 등의 문제로도 이어질 수 있다는 데 심각성이 있다. "데이터가 무책임한 사람들의 손에 들어갈 경우, '현실 마이닝'의 힘은 끔찍한 결과를 초래할 수 있다"[4]는 염려는 여기에서 비롯된다.

데이터 조작의 위험성은 영화 〈마이너리티 리포트〉에 잘 묘사되고 있다. 시스템의 설계자이자 시스템의 신봉자지만, 개인적 욕망을 떨치지 못했던 라마르는 데이터를 조작한다. 영화 속의 범죄예방시스템은 완전한 것으로 묘사되지만, 범죄예방시스템에

---

4   빅토르 마이어 쉰버거·케네스 쿠키어, 《빅 데이터가 만드는 세상: 데이터는 알고 있다》, 이지연 옮김, 21세기북스, 2013, 169쪽.

빅데이터와 사물인터넷 시대의 인문학적 상상력 |

의해 예정되었던 살인이 벌어지지 않는 오류가 발생한다. 그 오류는 마지막 순간에 살해 결정을 번복한 앤더튼에 의해 발생되었다. 시스템의 설계자인 라마르가 예측하지 못했던 것은 시스템이 보여 준 자신의 미래를 거부했던 앤더튼, 남편을 의심하지 않았던 그의 아내 라라의 믿음이었다.

모든 음모를 밝혀내고, 음모를 꾸몄던 라마르와 마주한 앤더튼은 라마르가 처한 딜레마에 대해 말한다. 라마르가 앤더튼을 죽이지 않는다면, 예지자들의 예언은 틀렸다는 게 증명되어 범죄예방시스템은 끝나게 된다. 만약 앤더튼을 죽인다면 라마르는 체포되지만 예지자들과 시스템에 대한 믿음은 건재할 것이라는 딜레마가 그것이다. 시스템은 앤더튼과 라마르의 대면을 예견했지만, '인간' 앤더튼과 '인간' 라마르의 대면은 예측하지 못했다.

인간적인 갈등과 고뇌는 시스템의 예측과 다른 결과로 이어진다. 라마르는 시스템의 예측과 달리 스스로 죽음을 선택한다. 라마르와 앤더튼의 선택은 인간의 감정, 순간적 선택이 중요한 변수가 된다는 걸 보여 준다.

영화는 범죄예방시스템의 폐지로 끝나지만, 현실적 문제는 이처럼 간단하지 않다. 소수에 의한 데이터 조작은 비윤리적인 일임에도 불구하고, 여전히 해결이 요원해 보인다. 아무리 법적·기술적 장치가 있다 하더라도, 시스템을 계획하고 운영하는 주체는 여전히 '불완전한 변수'인 사람이기 때문이다. 데이터 조작은 인간의 이익을 극대화하는 데 사용될 수도 있지만, 누군가의 삶을 파괴하는 데도 악용될 수 있다. 우려스럽게도.

인과성과 상관성

우리가 빅데이터에 보내는 무한한 신뢰와 기대는 그것이 엄정한 과학에 기댄 정확한 데이터라고 믿는 데서 출발한다. 그러나 '빅'을 곧 정확하거나 신뢰할 만한 데이터와 동의어로 읽는 것에는 주의를 기울일 필요가 있다.

빅데이터에서 가장 많은 부분을 차지하는 것은 비정형 데이터다. 페이스북, 인스타그램, 카카오톡과 문자 메시지에 남기는 길고 짧은 글들은 쉽게 오독되고 오해를 낳기도 한다. 이러한 메시지를 기계적으로 해석할 경우, 오독을 면하지 못하리라는 염려는 이미 오래전부터 제기되어 왔다. 기계는 데이터를 모을 수 있지만, 자기과시를 위한 글, 위로받기 위한 과잉감정의 분출, 거짓말, 디지털 잔해,[5] 행간에 숨겨진 의미 등 인간의 내밀한 정서와 감정을 정확하게 읽어 내기 어렵다. 데이터를 기계적 · 과학적으로 분석하거나, 다수big가 가리키는 방향성을 따르다 보면 때로 잘못된 해석이나 결론에 도달할 가능성도 배제할 수 없다. 빅big은 대세를 의미하기도 한다. 결과적으로 대세적 흐름을 따르다 보면, 내재된 의미와 촘촘한 인과관계 등은 소홀히 다루어지기 쉽다.

빅데이터 시대에 구시대의 유물로 간주되는 것 가운데 하나는 전통적인 인과론적 사고이다. 쇤버거와 쿠키어Kenneth Cukier는 상관성만으로도 충분하다고 주장하면서 이렇게 말했다.

---

5   빅토르 마이어 쇤버거 · 케네스 쿠키어, 《빅 데이터가 만드는 세상》, 209쪽.

빅데이터 시대는 우리가 사는 방식, 세상과 소통하는 방식에 도전한다. 그중에서도 가장 두드러진 부분은 사회가 인과성casuality에 대한 그동안의 집착을 일부 포기하고 단순한 상관성correlation에 만족해야 할 것이라는 점이다.

이유를 아는 것은 유쾌한 일이다. 하지만 매출을 시뮬레이션해 볼 때 이유는 중요하지 않다. 반면에 결론을 알면 클릭 수가 쏟아진다. (…) 아마존의 혁신적 추천 시스템은 기저에 깔린 원인을 몰라도 가치 있는 상관성을 찾아냈다. '이유'가 아니라 '결론'을 아는 것으로도 충분하다.

이런 새로운 유형의 분석 방법은 결국 새로운 통찰과 유용한 예측들을 쏟아 낼 것이다.(…) 그리고 가장 중요한 것은, 이런 비인과적 분석 덕분에 '이유'가 아닌 '결론'을 묻는 방식으로 세상을 이해하게 될 것이다.[6]

빅데이터의 특징 가운데 하나는 인과성을 포기하고 상관성을 중시하는 것이다. 이유를 모른 채 얻어진 결론이라 하더라도, 충분한 상관성에서 얻어진 것이라면 충분히 유용한 자료가 될 수 있다. 사람들의 구매 이유를 알지 못해도, 상품의 판매와 구매에

---

6 빅토르 마이어 쇤버거 · 케네스 쿠키어, 《빅 데이터가 만드는 세상》, 19쪽 · 101쪽 · 119쪽.

서 상관성의 패턴을 얻었다면 이윤을 창출할 수 있기 때문이다. 이런 상황이라면 인과성을 바탕을 둔 소비 패턴 분석을 포기하고 빅데이터에 의존해도 좋을 것이다. 소비자의 구매 동기와 무관하게 상관성의 패턴을 파악한 기업의 입장이라면, 인과관계가 상대적으로 소홀하게 다루어진다 하더라도 큰 문제가 없을 것이다.

그러나 삶의 해석에서 인과관계는 소홀히 다루어져도 좋은 요소가 아니다. 영화 〈마이너리티 리포트〉는 한 살인 예정 사건에서 시작된다. 예지자들은 가해자와 피해자의 정보를 전송하고, 결국 살인예정자로 지목된 남성은 범죄 발생 직전에 체포된다. 살인예정자의 살의는 아내의 불륜에서 비롯된 배신감과 분노에서 발생했다. 어쩌면 피해자일 수 있었던 그는 항변할 기회를 얻지 못했을 뿐만 아니라 저지르지도 않은 범죄, 즉 '살인예정'이라는 죄목으로 수감된다. 이는 터커가 언급한 '범죄지수'에 따른 처벌과도 맥락을 같이 하는데, 안타깝게도 범죄지수에 의한 가중처벌은 이미 일부 국가에서 시행중이다.

앤더튼의 운명은 그가 체포한 살인예정자의 운명과 다르지 않았다. 라마르는 누구보다 앤더튼을 잘 파악하고 있던 사람이었다. 아들을 살해한 범인에게 복수하겠다는 앤더튼의 마음을 잘 알고 있던 라마르는 시스템을 조작할 수 있었고, 앤더튼은 시나리오의 일부로 전락하게 되었다. 시스템의 맹점을 누구보다 잘 알고 있던 라마르는 예지자인 아가사가 부재한 틈을 타 또 다른 살인을 저지르고, 자신의 지위를 독점하려 한다. 그러나 라마르의 계획은 결국 실패로 돌아간다. 모든 증거에도 불구하고 질문과 의심을

빅데이터와 사물인터넷 시대의 인문학적 상상력 |

멈추지 않았던 라라는 결국 라마르의 조작 행위를 밝혀낸다.

빅데이터와 사물인터넷은 인간 삶의 질적 향상이라는 동일한 목표로 발전해 왔다. 기업의 이윤을 창출하고 버스 노선 변경이나 스마트 가로등의 도입 등, 그간의 성과는 결코 부정할 수 없다. 그러나 빅데이터와 사물인터넷이 인간의 생명과 존엄이라는 영역에서 활용되는 것에 대해서는 진지한 고민이 필요하다. 기업의 이윤을 창출할 수 있는 시스템과 인간의 존엄과 가치를 향상시키는 시스템은 같은 층차에서 해석되기 어렵기 때문이다.

아마존의 책 추천 시스템처럼 상관성만으로 충분한 영역이 있다. 그러나 삶이라는 텍스트에는 인과성의 설명이 필요한 부분이 적지 않다. 사람들의 '안전'을 지킨다는 명분으로 시행되는 '호크-아이'는 역설적으로 누군가의 안전과 자유를 해칠 수 있고, 의료 진료를 위한 의사 결정 지원도구 프로그램인 'APACHE-3'가 제시하는 생존 확률 수치는 인간의 생명을 포기하게 만드는 근거가 되기도 한다. 인간의 생명과 존엄에 대한 판단이 '상관성'이라는 근거만으로 과연 충분한가? 그렇게 된다면, 지금까지 인류를 지탱시켜 온 가능성, 기적, 희망 등은 무용한 것이 될 것이다.

비판적 해석과 인문학적 상상력

빅데이터의 가치는 '해석'에 달려 있다고 해도 과언이 아니다. 빅데이터의 사용에 있어 '해석'은 줄곧 중요한 문제로 부각되어 왔다. 쓸모없는 자료 더미에 불과했던 빅데이터가 의미를 갖게 된 것은 그것의 분류와 해석 덕분이었다. 데이터는 지금도 쏟아지고 있지만, 분류와 해석을 거치지 않은 것은 의미를 갖지 못한다. "데이터의 가치는 단순한 소장에 있는 것이 아니라 그 사용에 있기 때문이다."[7]

데이터의 수집보다 중요한 것은 분류와 해석이며, 이때 필요한 것이 비판적 해석과 상상력이다. 천문학적으로 증가하는 데이터와 "데이터베이스화된 인간에게 필요한 것은 데이터의 증식이 아니라 질문이다. 질문은 질문 대상에 관점과 맥락을 부여한다."[8] 빅데이터에 대한 맹신에 제동을 걸고, 그것의 의미를 되살피는 것도 인문학의 역할이다. 빅데이터는 인간처럼 생각하거나 성찰하지 않기 때문이다.[9]

빅데이터는 많은 양의 데이터에 수학적 분석을 통해 확률을 추론하는 것이고, 이 효용성은 이미 증명된 바 있다. 빅데이터는 매장에 어떤 물건을 어떤 방식으로 진열할 것인지, 야구팀을 어떻게 꾸릴 것인지, 또 버스 노선을 어떻게 재정비할 것인지의 문제에 유용한 대답을 해 줄 수 있다. 개인과 기업, 공공 분야의 미래를 예측하여 더 나은 방향으로 나아가게 하는 데도 도움을 줄 수 있다. '전수조사'라는 매력적인 요소에 기반한 예측이 많은 부문

---

7 빅토르 마이어 쇤버거 · 케네스 쿠이어, 《빅 데이터가 만드는 세상》, 224쪽.
8 임태훈, 《검색되지 않을 자유》, 47쪽.
9 빅토르 마이어 쇤버거 · 케네스 쿠키어, 《빅 데이터가 만드는 세상》, 27쪽.

에서 예상을 뛰어넘는 실력을 입증한 것은 사실이다. 그러나, 이 지점에서 빅데이터에 대한 깊은 믿음을 되돌아볼 필요가 있다. '많은big' 것과 진실한 것이 등가적인 가치를 갖는지에 대해, 또 '많은 데이터'에서 도출한 해석이 질적이고 정확하며 가치 있는 해석인가에 대해서도 의심할 필요가 있다.

'마이너리티 리포트'는 '머저러티 리포트'의 상대적인 개념이다. 영화 〈마이너리티 리포트〉에서 세 명의 예지자는 같은 예언을 할 수도 있지만, 다른 예언을 하기도 한다. 이때 소수의 예언인 마이너리티 리포트는 무시되고 삭제된다. 사람들에게 전달되는 예언은 머저러티 리포트뿐인데, 문제는 때로 마이너리티 리포트에 진실이 숨겨져 있기도 하다는 점이다. 빅데이터에 대한 맹신이 가져올 문제는 머저러티와 마이너리티가 공존하던 세계에 균열을 가할 뿐만 아니라, 이를 일대다一對多의 구조로 전환시키며 소수의 가치를 무력화한다는 데 있다. 그 소수가 인간과 삶의 본질에 직결된 문제라면 더 깊은 고민이 필요해 보인다.

사물인터넷은 만물과의 연결을 통해 만물 사이의 경계를 허물고 있다. 작은 데이터들은 그 자체로 '점'으로 존재한다. 빅데이터는 작은 데이터들의 집합인데, 많다고 해서 가치가 높은 것은 결코 아니다. 수많은 데이터의 수집과 결합은 기계적인 접합이 아니므로, 이를 해석하기 위해서는 상상력과 비판적인 사고가 필요하고, 무엇보다 인문학적 해석의 장場이 요청된다. 빅데이터나 사물인터넷의 사용 주체이자 대상은 결국 인간이기 때문이다.

사실, 빅데이터의 특기인 '예측'은 인간의 장기이기도 하다. 지금까지 인간은 상상력과 통찰력으로 미래를 그려 왔다. 조지 오웰George Orwell은 1949년에 《1984》라는 미래소설을 통해 빅브라더의 출현을 예고했다. SF 작가인 필립 K.딕Philip Kindred Dick의 소설은 영화 〈매트릭스Matrix〉(1999), 〈이퀼리브리엄Equilibrium〉(2002), 〈마이너리티 리포트〉의 제작에 중요한 영감을 제공했고 감독의 상상력이 더해져 빅데이터, 사물인터넷, 인공지능이 지배하는 미래사회가 영화화되어 사람들과 만났다. 이외에도 인간의 상상력에서 비롯된 수많은 미래소설과 영화는, 이미 오래전에 '오늘'을 그려 냈다.

과거, 인간의 미래를 예측한 많은 발명품들은 소수의 상상력과 창의력에서 비롯되었고, 때로 그러한 상상력은 다수의 통념과 어긋나는 것도 적지 않았다. 소수의 상상력과 창의력이 만들어 낸 작은 균열은 오늘에 이르게 하는 커다란 흐름을 만들어 냈다. 빅데이터가 커다란big 흐름과 방향을 보여 주는 것은 분명하지만, 빅big이 '옳음'이나 '높은 가치'와 동의어는 되기 어렵다.

빅데이터와 사물인터넷이 만들어 낸 흐름은 되돌리기 어렵다. 빅데이터와 사물인터넷이 지금까지 큰 역할을 해 왔다는 사실도 부인할 수 없다. 인간을 노동에서 해방시키고 더 안락한 미래를 보장해 준다는 장밋빛 전망 덕분에 이들은 급속도로 성장해 왔다. 빅데이터와 사물인터넷 시대에 인간은 안락함과 편리함을 얻었지만, 어떤 면에서 보자면 그것은 인간다운 삶의 양보라는 대가에 대한 보상이기도 하다.

〈마이너리티 리포트〉의 첫 장면이 다시 떠오른다. 예지자들이 보는 장면을 재현하는 기계 앞에서 앤더튼은 '미완성 교향곡'의 반주에 맞추어 영상을 분석한다. 앤더튼의 분석과 노력 '덕분에' 두 사람은 살았고 살인예정자는 체포되었다. 아무도 죽지 않았지만, 그 결과는 영상 분석 배경 음악처럼 '미완성'이었다. 시시각각 변하는 감정과 욕망을 가진 인간은 시스템 안에서 '불완전 변수'일 수밖에 없다. 빅데이터의 눈은 자꾸만 커진다. 빅데이터와 사물인터넷이 인간의 삶을 감시하는 눈이 되고 있다면, 인간의 눈은 빅데이터와 사물인터넷을 감시하는 또 다른 눈이 되어야 하는지도 모른다.

참고문헌

임태훈, 《검색되지 않을 자유》, 알마, 2014.

빅토르 마이어 쉰버거 · 케네스 쿠키어, 《빅 데이터가 만드는 세상: 데이터는 알고 있다》, 이지연 옮김, 21세기북스, 2013.

패트릭 터커, 《네이키드 퓨처-당신의 모든 움직임을 예측하는 사물인터넷의 기회와 위협》, 이은경 옮김, 와이즈베리, 2014.

유강하, 〈빅데이터와 사물인터넷 시대의 비판적 해석과 인문학적 상상력: 영화 〈마이너리티 리포트〉를 중심으로〉, 《시민인문학》(30), 2016.

영화 〈마이너리티 리포트Minority Report〉(2002).

텔레비전 시리즈 〈마이너리티 리포트Minority Report〉(2015).

21세기 기술과학적 곤경과
탈인간중심주의적 세계관의 요청
: 루스 오제키의《시간 존재를 위한 이야기》

이경란

│ 이 글은 《영미문화》 제17권 1호(2017)에 실린 글을 보완하여 재수록한 것임.   │

21세기 포스트휴먼 서사: 《시간 존재를 위한 이야기》

현재 캐나다에 살고 있는 일본계-미국 작가이면서 영화제작자이고 선불교 승려인 여성작가 루스 오제키Ruth Ozeki의 최근 소설《시간 존재를 위한 이야기A Tale for The Time Being》(2013)는 포스트휴머니즘 혹은 '휴머니즘 너머'라는 관점에서 흥미로운 서사적 실험을 보여 준다. 이 소설은 문학에서 포스트휴머니즘이나 트랜스휴머니즘을 논의할 때 주요하게 연구되는 장르인 공상과학소설도 아니고, 인간과 비인간, 문화와 자연, 마음과 신체를 엄격하게 이분법적으로 구분하는 근대 휴머니즘을 비판하고 자아와 타자의 관계를 새롭게 정의하도록 요구하는 주요 형상적 매개들인 사이보그, 안드로이드 로봇, 복제인간, 인공지능 같은 기술과학적 혼종적 존재들도 등장하지 않는다. 하지만 공상과학소설들이 새로운 첨단 기술의 진보와 발전을 다루면서도 새로운 이미지나 재현을 창조하기보다 인간중심적 가치와 주제들을 반복하는 경우가 적지 않다면, 이 소설은 한편으로는 21세기 과학기술의 문제가 야기하는 현실적인 곤경을 사실주의적으로 치열하게 다루고, 다른 한편으로는 기술과학적 포스트휴먼 곤경을 타개하기 위한 탈인간중심주의적이고 지구중심적인 가치와 관점을 모색하면서 동시에 이러한 가치를 형상화한 다양한 서사적 실험을 시도한다는 점에서 의미 있는 포스트휴머니즘적 서사로 볼 수 있다.

　과학과 기술의 발달이 그에 합당한 윤리가 동반되지 않을 경우 초래할 치명적 결과에 대해 오제키는 이미 1988년의 첫 소설인

《나의 고기의 해My Year of Meats》와 2003년의 두 번째 소설《창조의 모든 것All Over Creation》에서 중요하게 다룬 바 있다.《나의 고기의 해》에서는 부드럽고 값싼 닭고기와 소고기를 대량생산하고 전 지구적으로 대량 소비하게 하기 위해 합법적으로 혹은 불법적으로 성장촉진제 같은 화학약품들을 남용함으로써 동물만이 아니라 인간에게도 치명적인 결과를 가져오는 미국의 육류 산업을 다루었고,《창조의 모든 것》에서는 감자를 중심으로 유전자 조작 음식이라는 논쟁적인 문제를 다루었다. 두 소설 모두 획기적인 과학적 발전이라는 찬사를 받으며 등장한 생명공학 기술을 이용한 음식 산업들이 전 지구화된 자본주의경제 안에서 환경과 인간의 건강에 전 지구적 규모로 영향을 주고 있다는 사실을, 그리고 인간과 동물과 식물과 지구는 분리될 수 없는 상호관계망으로 조밀하게 연결되어 있는 상호의존적 존재들임을 잘 보여 주고 있다. 세 번째 소설인《시간 존재를 위한 이야기》도 기술과학과 인간, 인간과 인간 타자들, 인간과 비인간 타자들(동물, 식물, 대지, 지구 등), 과학과 지구환경의 치명적인 상호관계에 대한 오제키의 지속적인 관심의 연장선 위에 놓여 있다. 다만, 기존의 작품들이 육류 사육과 성장촉진제, 감자와 유전자 조작 식품 같은 특정 문제에 초점을 맞추고 있다면, 이번 작품은 태평양을 중심으로 전 지구적 생태, 인터넷과 가상공간의 기계-인간 인터페이스, 원전과 방사능 오염 등 21세기 과학기술이 야기하는 곤경들을 좀 더 포괄적으로 다루면서 기술과학적으로 야기된 우리 시대의 곤경을 대면하고 극복하기 위한 대안적 가치와 윤리를 철학적으로 모색하고 있다는 점에서 차이를 찾을 수 있다. "시간 존재를 위한 이야기"라는 소설의 제목 역시 이 작품이 어떤 특정한 시의적 문제에 초점을 맞추기보다는 탈인간중심주의적 가치와 인간 개념을 모색하는 시도임을 암시한다.

본 글에서 "시간 존재를 위한 이야기"로 번역된 책 제목 "A Tale for The Time Being"은 "잠시 동안의 이야기" 혹은 "현재를 위한 이야기"로도 번역될 수 있는 제목이다. 이는 작가가 이 작품을 내용과 형식 모두에서 '현재'에 관한 이야기로 만들고자 했음을 나타내는 제목이다. 즉, 오제키는 우리가 '현재' 겪고 있는 현실적인 재난과 곤경에 대한 이야기를 허구 세계 속에서 다루면서 동시에 '현재'에 속한 다양한 시간들과 '현재'를 구성하는 다양한 세계들, 허구 세계와 현실 세계의 경계와 작가와 독자와 등장인물의 관계에 대해 메타적으로 숙고하고, 그 숙고 자체를 내러티브 형식으로 구현한 '허구에 대한' 허구를 구축한다. 로리 그라시Laurie Grassi 와의 인터뷰에서 오제키는 2011년 일본에서 발생한 참혹한 쓰나미와 후쿠시마 원전 사고라는 현실의 '현재'가 어떻게 자신의 소설 쓰기에 개입했는지, 당시 이미 완성되어 있던 소설을 어떻게 무의미한 것으로 만들었는지 설명한다.

나오의 이야기는 2011년 지진과 쓰나미 이전에 이미 완성되어 있었다. 나는 나오가 독자를 필요로 한다는 것을, 그녀 자신의 일기를 발견하고 읽어 줄 누군가를 소환하려 한다는 것을 알고 있었다. 나오의 독자 역할을 할 만한 인물들을 네다섯 명 '오디션을 보았다.'

그 말은 각각 다른 두 번째 주인공과 이야기를 가진 네다섯 가지 판본을 시도해 보았다는 말이다. 마침내 비교적 만족스러운 초고를 마무리해서 편집자에게 막 보내려던 바로 그때, 3월 11일에 토호쿠 지진과 쓰나미 재난이 일어났다. 갑작스럽게 일본은 다른 곳이 되었고, 세상도 다른 곳이 되었다. 책의 절반이 부적절해졌다. 나오의 이야기는 그 자체로 괜찮았다. 그것은 2011-이전 이야기였다. 하지만 독자의 이야기는 지진과 쓰나미의 끔찍함을 담고 있어야 했다—후쿠시마-이후 이야기여야 했다—그래서 나는 원고의 포장을 다시 풀어 그것의 반을 던져 버리고는 나 자신이 독자 역할에 들어가 맨 처음부터 다시 시작했다.[1]

몇 년 동안의 지난한 창작 과정을 설명하는 이 말에서 중요한 것은, 작가가 자기 자신을 반허구적 등장인물로 만들어 허구 안에 넣음으로써 현재의 현실에 대해 자유롭게 언급할 수 있는 자유를 얻었다는 구체적인 서사 전략 자체가 아니다. 그보다는 "쓰나미와 후쿠시마 이후의 세상"이라고 작가가 표현한 21세기 우리의 폭력적인 현재의 현실, 작가가 허구 작품을 창작하고 있던 바로 그 순간 작가 자신이 대면하고 있는 구체적인 세상의 충격적인 현재의 현실과 그것에 대한 언급이 자신이 현재 창작하는 허구에 반드시 들어가야 한다고 생각하는 작가 자신의 의지다. '현재'의 현실

---

1 Laurie Grassi, "Must-read book alert! Ruth Ozeki nominated for Man Booker Prize," Chatelaine Magazine. 11 September 2013. Web. Accessed 25 Dec. 2016.

이 "허구의 그릇을 깨뜨리고 침입해 들어갈 수 있는"(다울링Brendan Dowling과의 인터뷰)[2] 서사 전략을 숙고하는 21세기의 작가라면 바로 이 순간에도 매 순간 놀라운 속도로 발전하고 있는 첨단 과학기술의 발전이 야기하는 소위 포스트휴먼적 조건과 곤경을 어떤 방식으로든 자신의 허구를 통해 다루지 않을 수 없는 것, 그것이 바로 21세기를 살고 있는 우리의 현재의 현실이다.

이 글에서는 먼저 이 소설이 주목하는 21세기 현재의 과학기술의 발전이 야기하는 곤경들을 살펴본 후, 이러한 현 시대의 과학기술적 곤경들을 극복하는 데 필요하다고 제시되는 대안적인 탈인간중심주의적 인간관과 지구중심의 생태학적 관점과 실천을 살펴보고자 한다. 더 나아가 "현재를 위한 이야기"인 이 소설을 궁극적으로는 "시간 존재를 위한 이야기"로 만들기 위해 작가가 사용한 다양한 서사 전략들을 살펴봄으로써 인간과 기술, 인간과 동물, 인간과 지구의 경계가 흐려진 포스트휴먼 시대에 고통받는 생명체들을 위한 허구적 내러티브의 의미와 가능성을 생각해 보고자 한다.

과학기술의 약속과 배반: 오염된 지구와 가상공간

근대 휴머니즘이 강조해 온 인간중심주의는 인간의 이성과 그

---

2 Brendan Dowling, "The Shores of My Imagination: A Conversation with Ruth Ozeki," 8 January 2014. Web. Accessed 25 Dec. 2016.

에 기반한 기술과학의 발전이 인간과 세상을 구원하리라는 낙
관적인 믿음을 유지했다. 그런 낙관적 믿음의 최신 판본은 아마
도 포스트생물학적 트랜스휴머니즘일 것이다. 미국의 실리콘밸
리를 중심으로 '엑스트로피Extropy협회' 등을 통해 트랜스휴머니
즘 운동을 확산시켰고 인체 냉동보존 서비스를 제공하는 알코
어 생명연장재단의 회장도 역임한 막스 모어Max More는 〈트랜
스휴머니즘: 미래주의 철학을 향하여Transhumanism: Towards a Futurist
Philosophy〉(1990)에서 트랜스휴머니즘을 다음과 같이 정의하였다.

트랜스휴머니즘은 우리를 포스트휴먼 조건으로 인도하려는 일군
의 철학이다. 트랜스휴머니즘은 이성과 과학을 존중하고 진보를 확
신하며 어떤 초자연적 '내세'보다 이승의 인간 (혹은 트랜스휴먼) 존
재를 가치 있게 여긴다는 점에서 휴머니즘과 많은 요소를 공유한
다. 트랜스휴머니즘이 휴머니즘과 다른 점은 신경과학과 신경약물
학, 수명 연장, 나노기술, 인공초지능, 우주 거주 같은 다양한 과학과
기술이 합리주의적 철학 및 가치 체계와 결합해서 우리 삶의 본성과
가능성을 근본적으로 변화시키리라 기대하고 인정한다는 점이다. [3]

막스 모어를 중심으로 활성화되었던 낙관적이고 자유방임주의

3 Max More, "Transhumanism: Towards a Futurist Philosophy." 1990, 1996. Web,
   Accessed 25 Dec. 2016. 〈https://www.scribd.com/doc/257580713/Transhumanism-
   Toward-a-Futurist-Philosophy〉

적인 트랜스휴머니즘은 이후 닉 보스트롬Nick Bostrom이나 제임스 휴즈James Hughes 같은 이론가들을 중심으로 기술의 오용과 기술에 대한 불평등한 접근성 문제를 인정하고 과학과 기술의 진보가 개인과 사회에 미치는 윤리적 영향도 고려하는 방향으로 변화하고 있는 것은 사실이다.[4] 하지만 이러한 변화에도 불구하고 스스로를 트랜스휴머니스트라고 생각하는 사람들은 대부분 "이성과 과학을 존중하고 진보를 확신"하고 개인의 선택의 자유를 가장 중요하게 생각한다는 점에서 여전히 근대 휴머니즘의 연장선 위에 서 있다.

반면, 오제키의 소설은 과학기술과 그것의 현실적 실천이 결코 개인의 선택의 문제만이 아니며 결코 가치중립적인 것도 아님을 보여 준다. 후쿠시마 원자력발전소가 있던 지역에서 행복하게 펄럭이던 거리 현수막들은 지역 주민들에게 "원자력은 밝은 미래를 위한 에너지"임을 강조하고 "원자력에 대한 올바른 이해가 더 나은 삶을 선사한다"[5]고 주장한다. 하지만 원전 사고는 과학기술의 실천에 정부와 기업의 이윤 추구가 밀접하게 연결되어 있음을 분명하게 보여 주었다. "도쿄전력과 일본 정부가 원자로 노심 용융에 대한 뉴스를 막으려 했고, 사고 원전 주변 지역의 위험한 방사능 수치에 대한 결정적인 자료를 감추려 했다. 속속 드러나는 관

---

4 신상규,《호모 사피엔스의 미래: 포스트휴먼과 트랜스휴머니즘》, 아카넷, 2014, 116~124쪽.

5 Ruth Ozeki. *A Tale for The Time Being*. Penguin Books, 2013. p.195. 앞으로 이 텍스트에서의 인용은 괄호 안에 페이지만 기입한다.

리 부실과 거짓말과 은폐의 실상이 일본인들의 깊은 분노를 자극했다"(197). 그러므로 오제키가 우리 시대 다양한 과학기술의 발전이 야기하는 '현재'의 곤경에 주목할 때 그 과정이 과학과 기술에 대한 맹목적인 믿음의 비판으로 나타나고, 나아가 인간과 비인간 타자들(동물, 식물, 자연환경, 지구 등)을 이분법적으로 위계화한 인간중심적 휴머니즘에 대한 비판으로 연결되는 것은 불가피하다.

《시간 존재를 위한 이야기》는 캐나다의 태평양 변에 있는 한 외진 섬 해변에서 중년의 여성작가 루스가 일본 도쿄에 살고 있던 여중생 나오의 일기가 든 헬로키티 런치박스를 발견하면서 시작한다. '아메리카 해변으로 밀려 올라온, 바다 따개비가 더덕더덕 붙어 있는 일본산 런치박스'는 지역적 사건을 전 지구적 맥락에서 해석해 내는 작가의 능숙한 손에서 전 지구적 기후 문제와 오염 문제를 효과적으로 다루는 일종의 노드, 즉 교점이 된다.

헬로키티 런치박스가 등장하기 전에도 루스가 산책하는 해변은 태평양 연안 생태계에서 벌어지고 있는 급격한 변화들을 실감나게 보여 주고 있었다. "요즘 해변에 득실거리는 해파리들은 괴물처럼 붉고 침을 쏘는 종류여서 해변이 온통 상처투성이처럼 보이"며, 바다는 "누군가 배에서 바다로 던졌거나 소풍 또는 광란의 파티 뒤에 남기고 간 〔플라스틱〕 쓰레기들"(8)로 가득하다. 일본에서 쓴 일기가 담겨 있는 런치박스는 이에 더하여 저 멀리 아시아 일본의 쓰레기들도 태평양 환류를 따라 아메리카로 오고 있다는 사실을, 전 지구적인 쓰레기의 순환을 가시화한다. 마침내 많은 과학자들이 예언했던 사건, 즉 일본의 쓰나미가 만들어 낸 어마

어마한 바다 쓰레기가 아메리카 해안에 산더미처럼 쌓이는 쓰레기 재난이 이제 시작되나 보다 두려워하면서도, 어떤 이들은 바다로 휩쓸려 나갔다는 일본인들의 금은보물을 찾아 해안으로 몰려오고, 어떤 사람들은 후쿠시마 원전에서 유출된 방사능 오염물질이 캐나다 섬의 굴 양식 산업을 오염시킬까 걱정한다. 어떤 반응을 보이든 2011년 일본 쓰나미와 원전 사고가 만들어 낸 거대한 바다 쓰레기의 순환과 방사능으로 오염된 바다의 위협은 일본과 북아메리카만이 아니라 바다로 연결된 지구 세계 전체가 하나의 생태계라는 사실에 사람들이 더 이상 눈감을 수 없게 한다. 한 인터뷰에서 오제키가 지적하듯이, "우리 모두가 서로서로 풀 수 없이 연결되어 있다는 틱낫한Thich Nhat Hanh의 '서로 연결된 존재' 개념이 우리의 전 지구화된 세계에서보다 더 분명한 적은 없었다. 국소지역local이 바다처럼 넓고 하늘처럼 거대하다."[6]

　해안에 도달한 쓰레기보다 더 심각한 문제는 바다에 남아 있는 쓰레기들이다. 바다 환류의 궤도에 계속 머무는 부유물을 "환류의 기억gyre memory"(14)이라고 부르는 루스의 남편 올리버는, 태평양의 환류를 타고 흐르는 쓰레기들이 궁극적으로 도달하게 될 북태평양의 "거대한 쓰레기 구역Great Garbage Patches"에 대한 우려를 표현한다. 1997년 미국 해양환경운동가이자 선장인 찰스 무어 Carles Moore가 처음 발견한 하와이 주변의 이 거대한 쓰레기 구역

6　Laurie Grassi, "Must-read book alert! Ruth Ozeki nominated for Man Booker Prize." Chatelaine Magazine. 11 September 2013. Web. Accessed 25 Dec. 2016.

은, 1년 내내 적도의 더운 공기가 고기압을 만들어 바람이 위로만 불고 해류도 느려 쓰레기가 탈출하기 매우 어려운 곳이다.[7] 하와이 주변의 "거대한 동부 지대는 텍사스만한 크기이고 거대한 서부 지대는 더 커서 미국 본토의 반 정도"(36)라는 믿을 수 없이 어마어마한 크기의 쓰레기들이 태평양 한가운데 모여 있다는 사실도 많은 독자들에게는 놀라운 사실이지만, 이 쓰레기 지대가 우리가 일상에서 늘 사용하는 물건들, 즉 "비닐봉지 같은 플라스틱 대부분, 음료수병, 스티로폼, 포장음식 용기, 일회용 면도기, 산업폐기물 등 우리가 버리는 것 중 물에 뜨는 모든 것"(36)이라는 사실이 독자들의 마음을 더더욱 무겁게 한다. 어제도 오늘도 우리는 일상을 살아가면서 아무 생각 없이 너무나 많은 플라스틱 제품들을 사용하고 또 버리고 있기 때문이다. 생태예술가인 올리버와 은퇴한 인류학자 뮤리엘을 통해 독자에게 전달되는 환경문제, 즉 플라스틱은 생분해가 되지 않아 환류 안에서 이리저리 휩쓸리면서 해양학자들이 '콘페티'(색종이 조각)라고 부르는 작은 조각으로 부서지고 바다에 가득한 플라스틱 콘페티가 물고기에게 먹혀 결국 해변에 도달해 우리의 먹이사슬 안으로 들어온다는 사실은 어떤 면에서는 우리에게 너무나 익숙하고 흔한 사실들이다. 그래서 더욱 그런 사실들이 우리에겐 그저 루스가 그러하듯 "들

7 변지민. 〈쓰나미 쓰레기섬, 미국 덮칠까? 3년 전 예언 그대로⋯〉.《과학동아》 2014년 3월호. Web. Accessed 28 Jan 2017. 〈http://science.dongascience.com/index/print?acIdx=12969〉

어 본 것 같을 뿐"(36)이다. 일상의 편리함을 위해 "의지적 무지" 상태에 자신을 놓아 두곤 하던 우리에게 "태평양의 텍사스주 크기의 쓰레기 지대들'이라는 놀라운 시각적 이미지는 우리의 "의지적 무지"에 충격을 주는 효과적인 도구다. 태평양을 비롯한 전 세계 대양에 현재 이 순간에도 빠른 속도로 거대하게 구성되고 있는 쓰레기 지대들을 직면하면, 우리들은 우리가 소위 '인류세人類世 · anthropocene'[8]에 살고 있다는 사실을, 플라스틱 쓰레기들을 매일매일 일상적으로 버리고 있는 우리 자신이 지구 오염의 주된 작인이라는 사실을, 그리고 인간과 문화와 자연과 지구가 분리할 수 없는 상호관계에 얽혀 존재한다는 사실을 부인하기 어렵다.

새로운 기술이 인간의 탐욕과 만났을 때 자연에 미치는 치명적인 영향은 루스와 올리버가 사는 '고래마을'의 역사가 잘 보여 준다. 이 마을은 원래 마을의 이름처럼 고래가 많던 지역이었다. 하지만 1869년 스코틀랜드인 제임스 도슨과 미국인 에이블 더글러스가 작살총이라는 극도로 효율적인 신무기로 고래사냥을 시작하면서 딱 1년 만에 주변의 고래들이 모두 도살되었다. 작살총은 폭탄과 지연신관을 장착한 특수 작살을 발사하는 대형 장총으로 고래의 피부를 뚫고 들어가 몇 초 후 고래의 몸 안에서 폭발하는

---

8 인류세anthropocene은 인류가 지구의 기후와 생태계를 변화시켜 만들어진 새로운 지질시대를 말하며 신생대 마지막 시기인 홀로세를 잇는 시대다. 네덜란드 화학자 파울 크리천Paul Crutzen에 의해 널리 알려진 개념으로 아직 학계의 정설로 인정받고 있지 못하지만, 2004년 8월 스웨덴 스톡홀름에서 열린 유럽 과학포럼에서 과학자들이 인류세 이론을 지지한 바 있으며, 2011년 이후 영국과 미국 과학자들을 중심으로 본격적인 논의가 진행되고 있다.

신무기였다. '도슨 앤 더글러스' 포경기지는 1년 만에 폐업하고 다른 곳으로 옮겨 갔지만, 이후 140여 년이 지난 현재까지 '고래 마을' 인근에는 고래가 없다.

오제키가 주목하는 우리 시대의 또 다른 중요한 기술과학적 문제는 우리가 이제는 그것이 없는 삶을 상상할 수 없는 컴퓨터와 가상공간의 발전이 야기하는 곤경들이다. 지구적 규모의 환경문제가 주로 루스와 올리버의 서사를 통해 다루어진다면, 가상공간을 창조하는 기계-인간 인터페이스의 문제는 미국에서 낯선 일본으로 전학 온 '전학생' 나오와 실리콘 밸리에서 우수한 컴퓨터 프로그래머였던 나오의 아버지 하루키2의 서사를 통해 다루어진다. 자신이 읽는 일기 속의 여중생 나오가 과연 현실의 인물인지 알기 위해 루스는 끊임없이 인터넷을 뒤진다. 쓰나미로 죽은 사람들 명단을 뒤지고, 나오 아버지가 자살을 시도했다는 철도역 자살 관련 신문기사를 뒤진다. 스탠퍼드 대학의 론 교수 홈페이지에서 '야수타니 해리Yasutani Harry'의 이름으로 검색된 자살에 대한 글을 발견하고는 론 교수와 이메일 교신을 통해 야수타니 하루키가 실존 인물임을 확인하고는 아슈다니 H Yasudani H의 이름으로 발표된 양자컴퓨팅 관련 논문이 실제로는 하루키의 논문일 수 있다고 흥분하기도 한다. 인터넷을 통해 찾아낸 자료만이 나오와 하루키의 실존을 증명한다는 사실에서도, 인터넷과 컴퓨터가 21세기 현재의 일상에서 시간과 거리를 가로지르며 소통과 유대를 가능하게 하고 유용한 많은 정보를 약속하는 놀라운 가능성의 매개임을 잘 보여 준다.

나오가 일본으로 전학 올 때 미국 담임 선생님의 권고로 일본의 흥미로운 생활을 미국 친구들에게 전달해 주는 '미래는 나오!The Future is Nao!'라는 블로그를 만든 것도 가상공간의 가능성에 대한 낙관적인 믿음 때문이었다. 하지만 나오는 곧 가상공간이 현실 공간의 냄새를 지울 수 없는 또 하나의 현실 공간임을 알게 된다. 파산하고 자살하려는 아버지, 우울증에 걸린 어머니, 학교에서 폭력적인 이지메(집단따돌림)를 당하는 '전학생' 자신의 추레한 일본 생활에 아무 관심이 없는 미국 친구들에게 나오의 가상공간 블로그는 소통의 공간이 아니라 무관심의 공간일 뿐이다. "수백만의 사람들이 각자 쓸쓸하고 하찮은 방에 앉아 쓸쓸하고 하찮은 페이지에 미친 듯이 글을 쓰고 올리지만, 다른 사람들도 모두 글을 쓰고 올리느라 바빠서 아무도 읽지 않는다"(26)는 사실을 뼈아프게 깨닫는 나오의 경험이 보여 주듯, "전자적으로 네트워크된 삶은 연결되어 있다는 착각을 만들어 낼 뿐, 친밀한 관계의 빈약한 대체물일 뿐이다."[9] 나오가 반복해서 일기에 적고 있듯이 "아무도 없이 혼자 떠다니며 혼잣말을 하고 있을 때의 사이버공간보다 더 슬픈 것은 없다"(125).

사이버공간은 또한 개인들이 자유롭게 유용한 정보에 접근할 수 있는 곳, 개인들의 정체성을 현실 세계보다 더 자유롭게 구성하고 통제할 수 있는 가능성의 공간으로 간주되곤 한다. 하지만 실리콘밸리의 뛰어난 컴퓨터 프로그래머였던 야스타니 하루키2

---

9 Sherry Turkle, *Alone Together*, Basic Books, 2011. p.54.

21세기 기술과학적 곤경과 탈인간중심주의적 세계관의 요청 |

가 한탄하듯, "인터넷은 이제, 우리는 그렇게 되리라고는 결코 생각하지 못했지만, 변기통이 되었다"(351). 나오의 학교 아이들은 미국에서 온 가난한 '전학생'을, "마치 먹잇감을 죽이기보다는 상처를 내고는 산 채로 먹는 하이에나들"(48)처럼, 때리고 꼬집고 온몸에 작은 칼로 상처를 내고 욕하고 무시하고 괴롭힌다. 나오를 죽은 사람처럼 취급하다 결국 장례식까지 치르고는 그 장면을 동영상으로 만들어 "전학생 나오 야수타니의 비극적인 이른 죽음"(137)이라는 제목으로 인터넷에 올린다. 학급 아이들이 나오를 강간하는 장면을 연출하고는 나오의 피 묻은 팬티를 여학생 교복 페티시 사이트에 올려 경매에 부치기도 한다. 나오를 집단으로 괴롭히는 학교 아이들이 사이버공간에 올린 쓰레기 자료들은 나오의 정체성을 부정적으로 고착시키고, 그 고착된 이미지는 무한히 재생산되고 확장된다. 우연히 딸의 동영상을 보게 된 하루키2는 "일단 자료가 그곳에 올라가면 고착되어 돌아다니면서 결코 사라지지 않고 따라다닌다"(351)고, 자신이 딸을 위해 할 수 있는 일이 하나도 없다고 절망한다. 소통과 유연한 정체성을 약속했던 인터넷 가상공간을 변기통으로, 부정적으로 고착된 정체성의 공간으로, 집단따돌림의 폭력적 공간으로 만드는 사람들이 나오의 학급 아이들만도 아니고 일본에 국한된 것도 아님을 우리는 잘 알고 있다.

나오의 서사가 사이버공간의 폭력성과 고독성을 드러낸다면, 반복적으로 자살을 시도할 정도로 심각한 절망에 빠져 있는 컴퓨터 프로그래머 하루키2의 서사는 과학기술이 결코 가치중립적인 실천을 보장하지 않는다는 사실을 잘 드러낸다. 나오의 아버지 하루키2는 1990년대에 실리콘밸리에서 IT산업이 급성장할 때 컴퓨터게임을 위한 인간-컴퓨터 인터페이스를 설계하던 프로그래머이다. "나의 인터페이스는 정말로 멋지고 너무나 재미있었다. 모두가 그것을 즐겼다. 우리는 1인칭 조작자 시점을 모델화하고 있었고, 나는POV의 선구자로 불렸다"(387)라고 스스로를 자랑스러워하던 하루키2는 미군이 그가 참여한 연구가 반자동 무기 기술에 잠재력이 크다고 관심을 가지면서 심각한 고민에 빠진다. 자신이 디자인하는 인터페이스가 너무나 매끄러워서, 다시 말하자면 현실과 가상의 경계가 너무 매끄러워서, 컴퓨터게임을 중독성 있는 오락으로 만드는 자신의 기술이 게임이 아닌 현실에서 젊은 군인들이 파괴적인 대규모 폭격 임무를 쉽고 재미있게 만드는 기술로 사용될 것임을 알게 되었기 때문이다. 하루키2는 인터페이스 설계에 '양심'을 장착할 방법, 즉 사용자가 자신이 하고 있는 일에 대한 윤리적 감각과 현실 인식을 가지도록 도울 방법을 찾고자 했고, 기술적으로 "살인을 그토록 재미있는 일로 만들지 않을 수는 있다"(309)고 믿었다. 당연히 군대 계약자들과 무기 개발자들은 이러한 문제가 제기되는 것도, 자신들의 무기에 '양심'이 장착되는 것도 원하지 않았다. 또 당연히 게임 개발 회사는 직원 한 명의 양심 때문에 군대와 투자자들과의 관계를 위태롭게 만들 생각이 없었다. 그래서 하루키는 프로젝트 팀에서 배제되고 결국 회사에서 해고된다.

직장을 잃는 경제적 어려움보다 하루키를 더 고통스럽게 하는

것은 자신이 개발한 인터페이스가 실전에 사용되는 현실이다. 9 ·
11사태 이후 미국이 아프가니스탄과 이라크를 폭격하는 장면을
내내 미디어를 통해 지켜보면서, 그는 살상무기 기술을 개발한 개
발자로서 책임감과 무력함에 고통받는다. "젊은 미 전투기 조종사
들이 내가 개발한 인터페이스를 사용해 아프가니스탄과 이라크
사람들을 찾아 죽일 텐데, 그들은 임무를 수행하면서 그 모든 것
이 비현실적이고 흥미진진하고 재미있다고 느낄 것입니다. 우리
가 그렇게 디자인했으니까요. 하지만 나중에 자신이 한 일의 현실
이 수면으로 떠 오르면 그들은 고통과 분노로 얼마나 괴롭겠습니
까? 그것 역시 내 잘못입니다"(388). 과학적 발견 하나하나, 기술 개
발 하나하나는 가치중립적이라고, 객관적인 진실과 사실의 발견
이라고 간주되어 왔고, 그래서 그 자체로 과학자와 기술 개발자
개개인에게 즐거움을 주었을 것이다. 과학적 지식과 개발된 기술
들이 사회적으로 유용하게 사용된다면 개발자들은 더더욱 보람
을 느낄 것이다. 하지만 실제로 수많은 기술과학은 늘 다른 무엇
보다 군사 목적을 위해 개발되었고, 자본과 기업은 늘 다른 무엇
보다 자체의 이익을 위해 기술을 이용해왔다. 국가와 군대와 기업
의 무자비한 이윤 추구라는 그 거대한 관계망 안에서 개별 과학자
들과 기술 개발자들의 책임을 어디까지 물을 수 있을까? 그들에
게는 어떤 윤리의식이 요구되어야 하는가? 과학자나 기술 개발자
보다 더 기술 개발에 접근력과 통제력이 없는 일반인들은 첨단 기
술의 개발과 사용에 어떤 윤리적 책임이 있는 것일까? 첨단 기술
과학의 문제를 다루면서도 국가나 군부나 기업의 정책을 결정할

수 있는 지도자가 아닌 평범한 일반인을 주인공으로 하는 이 소설
을 통해 오제키가 묻고자 하는 것은 바로 이러한 문제들이다.

인간중심주의를 넘어 생명으로: 불교윤리와 생태철학

모든 것을 '플라스틱 혹은 디지털 혹은 가상적'으로 만드는 우리
시대의 기술문화가 담고 있는 거대하고 조직적인 폭력성 앞에서
무력함을 느끼는 개인들은 흔히 하루키2와 나오의 경우처럼 분
노와 수치심과 절망으로 반응한다. 나오를 목욕시키면서 나오의
몸에 난 수많은 상처들을 하나하나 어루만지던 104세 증조할머
니 지코는 나오에게 "화가 정말 많이 나니?"(169)라고 묻는다. 너무
나 당연한 질문에 화를 내는 나오의 다음과 같은 대답은 아마도
자신이 감당하기 어려운 전 지구적 곤경을 대하는 평범한 우리
개인들의 전형적인 대답일 듯하다.

"화가 정말 많이 나니?"

"네, 화가 정말 많이 나요. 그래서 어쩌라고요? 그래서 내가 뭘 어
째야 하는데요? 아빠의 심리적 문제도, 닷컴버블dot-com bubble이나
한심한 일본 경제도 내가 어찌할 수 있는 게 아니잖아요? 미국 단짝
친구의 배신도, 학교에서의 괴롭힘도, 테러리즘도, 전쟁도, 지구온난
화도, 생물종의 멸종도 내가 어찌할 수 있는 게 아니잖아요. 그렇지
않나요?"(169)

철학과 대학생으로 제2차 세계대전 때 가미가제 일본군 학병이 된 하루키1의 프랑스어 비밀 일기가 보여 주듯, 세상의 악과 슬픔과 고통은 기술과학의 문제만도 아니고 21세기의 문제만도 아니다. 옳지 못한 전쟁에서 옳지 못한 폭력을 수행할 수 있도록 학병들의 정신을 꺾기 위해 인간으로서 상상하기 어려운 수치스럽고 고통스러운 이지메(나오는 '이지메'라는 같은 용어가 과거 일본 군대에서 사용되었던 용어임을 알고 놀란다)를 가하면서 그것을 '훈련'이라고 합리화했던 일본 군대의 일상을 기록하며 하루키1은 묻는다. "세상에는 어떻게 이렇게 많은 고통이 있을 수 있을까요?" 약자를 잔혹하게 집단적으로 괴롭히는 이지메는, 하루키1의 군대 일기를 보고 나오가 깨닫게 되듯, 학교만의 현상도 아니고 캐나다의 올리버가 다음과 같이 지적하듯 일본만의 현상도 아니다. "하긴 말이 돼. 우리는 약자를 괴롭히는 문화에 살고 있지. 정치인들, 기업인들, 은행들, 군대. 모두가 약자를 괴롭히는 자들, 사기꾼들. 그들은 훔치고, 그들은 사람을 고문하고, 그들은 말도 안되는 규칙을 만들고, 분위기를 조성하지. (…) 관타나모 수용소를 봐. 아부 그라이브 교도소를 봐. 미국이 나쁘지만 캐나다도 나을게 없어. 타르샌드Tar Sands를 봐. 도쿄전력Tepco과 똑같아. 사람들은 드러내 놓고 말하기가 너무 무서워 프로그램을 따라갈 뿐이야. 정말 끔찍하게 화가 나"(121). 수동적으로 이지메를 참아 내던 나오도 점점 분노에 차 현실에서는 자신보다 더 약한 아이에게, 꿈속에서는 이지메를 주도하던 강한 아이에게 자신이 당한 폭력을 폭력으로 되갚아 주는 변화를 보인다. "화가 정말 많이 나니?"라는 지코 할머니의 질문은 바로 이 결정적인 시점, 즉 "원한에 사무쳐 살아 있는 사람을 괴롭히는 귀신"(131)이 되어 가던 시점의 나오에게 주어진다는 점에서 개인이 감당하기 어려운 폭력적인 세상에 개인이 어떻게 반응해야 하는가라는 어려운 문제를 제기한다.

루스 오제키는 최근에 자신이 선불교 선승이 된 이유를 "소설 가로서의 자신이 이 세상에서 더 이상 자신의 목소리를 믿을 수 없는 지점에 도달했을 때, 선불교 실천이 자신의 글쓰기에 철학적이고 윤리적인 근거를 제공"해 주었기 때문이라고, "서양에서 선불교가 형성되는 것에 내부자로서 참여하고 싶었다"고 말한다.[10] 나오와 하루키2만큼이나 21세기의 소설가로서의 목소리와 방향을 상실한 오제키에게 작가적 목소리를 되살려 주고 윤리적 토대가 되어 준 핵심 철학은 소설 안에서 삶의 방향을 잃은 나오와 하루키에게 삶의 방향을 제시해 주는 할머니 여승 지코의 실천과 가르침으로 구현되고 있다. 특히 '서로 연결된 존재'라는 선불교의 탈인간중심주의적 인간관은 대문자 '인간Man'을 만물의 정점에 두고 '그He'의 인간 타자들과 비인간 타자들을 위계적으로 차별해 온 근대 휴머니즘이 야기한 곤경에 대처할 대안적 가치와 대안적 인간관을 제시한다는 점에서 의미가 있다.

소설의 첫 줄에서부터 오제키는 단도직입적으로 인간을 "시간

---

10 Laurie Grassi, "Must-read book alert! Ruth Ozeki nominated for Man Booker Prize." Chatelaine Magazine, 11 September 2013. Web. Accessed 25 Dec. 2016.

존재time being"로 정의한다. "Now"와 발음이 유사한 "Nao"로 불리는 전학생 나오코 야수타니Naoko Yasutani는 소설의 첫 줄인 자신의 일기장 첫 줄에 자신의 정체성을 "현재"로, 그리고 "시간 존재"로 소개한다. "나의 이름은 나오입니다. 나는 시간 존재입니다. (…) 시간 존재란 시간 속에 사는 누군가이며, 그 말은 당신을, 그리고 나를, 그리고 현재 존재하는 혹은 과거에 존재했던 혹은 미래에 존재할 모든 사람을 의미하지요"(3). "시간 존재" 개념은 일본의 선승 도겐 겐지Dogen Zengi의 책에서 가져온 개념이지만, 나오가 이 개념을 깨닫게 되는 것은 도겐의 철학적 언어를 통해서가 아니라 지코 할머니의 일상적 실천을 통해서다. "인간만이 아니라 모든 동물들, 아메바와 바이러스 같은 다른 생명 형태들, 심지어 과거에 살았던 혹은 앞으로 살 나무들과 모든 멸종된 종들"(19)을 위해서도 매일 기도하는 지코 할머니를 통해, 나오는 인간만이 아니라 세상의 만물이 똑같은 "시간 존재"임을 깨닫게 된다. 절 마당의 오래된 은행나무도, 떨어지는 잎사귀도, 산도 바다도, 심지어 지코 할머니가 창작한 소설처럼 존재했다 사라지는 말과 이야기도, 모두 시간으로 살다가 시간이 지나면 소멸되는 "시간 존재"임을 알게 된다. 모든 인간과 모든 만물이 시간 속에서 잠시 시간으로 존재했다 사라지는 똑같은 "시간 존재"라면, '서양의 이성적인 백인 남성'을 만물의 정점에 위치시키고 '그'와 다른 인간 타자들과 비인간 타자들을 열등한 존재로 간주해 온 근대 휴머니즘적 가치들과 철학들과 실천들은 그 토대가 약화된다.

인간과 비인간의 경계를 약화시키는 "시간 존재"로서의 인간관은 지코의 가르침과 실천에 의해 "서로 연결된 존재interbeing" 개념으로 확장된다. 이 소설에서 결정적인 장면 중 하나인 해변 장면에서 지코 할머니는 나오를 해변으로 데려가 파도와 싸워 보라고, "파도를 괴롭혀 보라bully a wave" 말한다.

"파도를 괴롭혀 본 적이 있니?"

지코는 해변에서 물었다.

"파도를 괴롭혀요?"

다시 물었다.

"아뇨, 물론 아니지요."

"한번 해 봐. 물로 가서 가장 큰 파도를 기다렸다 주먹을 날리고 발로 치고 막대기로 쳐 봐. 내가 지켜볼게."

나는 막대기로 파도를 치고 한가운데를 잘랐다. 하지만 물은 쉴 새 없이 다가왔다….

날카로운 차가운 느낌이 좋았고, 파도의 격한 힘이 힘차고 진짜로 느껴졌다….

나는 계속 바다로 달려 나갔고, 너무나 지쳐서 서 있을 수도 없을 때까지 때렸다.

다음 순간 쓰러져서 가만히 누워 파도가 내 위를 스쳐 지나가게 했다. 만약 내가 다시 일어나지 않는다면 어떤 일이 일어날까. 내 몸이 바다로 떠내려 가면….

"내가 졌어요. 바다가 이겼죠."

할머니는 미소를 지었다.

"기분 좋았니?"(192-193)

끝없이 밀려오는 파도, 깨뜨리고 깨뜨려도 다시 밀려오는 파도와 지쳐 쓰러질 때까지 씨름하던 나오는 깨져도 깨져도 결코 깨지지 않는 파도와 하나가 되는 경험을 한다. 심지어 자신이 죽은 뒤 바다의 일부가 되는 상상적 경험도 한다. 인간의 "괴롭힘"에 결코 지지 않는 파도의 힘, 파도이면서 물이고 물이면서 파도인 파도의 강력한 슈퍼파워, 지코 할머니의 일본식 발음대로 파도의 '슈파파와supawawa'를 자신의 것으로 받아들이게 된다. 지코 할머니의 가르침을 통해 나오는 파도와 바다가, 파도와 파도 타는 사람이, 나아가 우주의 모든 것이 분리되어 있으면서 연속되어 있고 같지만 다르다는 "존재의 비이분법적 본성not-two nature of existence"(194)을 점차 이해하게 된다. 모기가 자신의 몸을 물어도 모기를 죽이지 않고 피부의 가려움을 견뎌 내고, 나오의 몸의 힘과 마음에서 일어나는 폭력적 감정을 인정하면서도 폭력에 폭력으로 대응하지 않는 나오의 몸과 마음의 힘이, "존재의 비이분법적 본성"에 대한 나오의 이해가 깊어지면서 길러지고 강화되고 있음을 오제키는 설득력 있게 그린다.

하지만 나오와 하루키2의 삶을 결정적으로 변화시킨 것은 이들이 '시간 존재'의 또 다른 의미, 즉 인간의 삶을 구성하는 그 수많은 찰나들이 곧 인간이 스스로의 삶을 바꿀 수 있는 수많은 순간들이라는 사실을 깨닫게 되면서이다. 지코 할머니는 임종하기 직전 나오와 하루키2에게 글자 한 자를 남긴다. 그것은 바로 "生"(생)이다. 과거에 집착하지 말고 현재의 생명을 소중히 여기고 현재의 삶을 살라고 당부하는 글자다. 모든 행동을 아주 천천히 마치 시간을 확장하듯 행하는 지코의 평소 삶 자체가 시간 존재인 우리 인간이 단 하루에도 얼마나 많은 "찰나들moments"을 가지고 있는지, 그 많은 순간들을 우리가 진실로 어떻게 보내고 있는지 정확하게 인식해야 한다는 가르침의 실천이었다. 우주 안의 모든 것이 끊임없이 변화하므로 매 찰나가 바로 삶을 바꿀 수 있는 매 순간이라는 사실을 일깨워 주는 삶이었다. 생을 소중히 여기고 현재를 살라는 할머니의 유지를 받아들이는 찰나, 고통받는 딸을 위해 무언가를 해야 한다고 결심한 찰나, 바로 그 찰나의 순간이 하루키2를 과거에 대한 고착에서 벗어나게 한 순간이다. 오염된 사이버공간을 깨끗하게 청소하는 양자컴퓨팅 프로그램을 개발하게 촉진한 순간이다. 궁극적으로는 죽음을 결심했던 딸 나오를 살려 낸 순간이다.

선불교 여승인 지코의 삶과 말을 통해 제시된 "시간 존재"로서의 인간관이 나오와 하루키2처럼 기술과학적 곤경으로 고통받는 인간들에게 현재 세계를 살아가는 철학적·윤리적 토대를 제공한다면, 생명과 지구를 인간의 관점이 아닌 지구의 시간과 관점으로 바라보는 생태예술가 올리버의 생태철학과 생태예술은 기술과학의 발전으로 가속화된 기후변화에 대처하는 데 꼭 필요한 탈인간중심적이고 지구중심적인 관점과 윤리를 보여 준다. 대도시 뉴욕에서 평생을 살아온 루스는 캐나다 섬에서 40미터, 50미터 높이의 "거대한 더글러스 전나무, 붉은 삼나무, 큰잎단풍 등이 모든 인간적인 것들을 왜소하게 만드는" 숲을 대면하고는 "키가 165센티미터인 그녀가 평생 이렇게 하찮게 느껴진 적이 없었다"(59)고 당황한다. 반면 루스의 남편 올리버는 똑같은 풍경을 보면서 "굉장하지 않아? 천 살이 되도록 살아 있는 나무들이야"라며 흥분한다. 나무들이 "말도 안 되게 크다"고 말하는 루스에게 올리버는 "말도 안 되는 게 아니야. 단지 관점의 차이일 뿐이지"(60)라며 루스의 인간중심적 관점을 수정해 준다. 소설가인 루스는 인간과 인간들의 음모에 몰두하지만, 생태예술가인 올리버는 "빽빽한 나무들 사이에서 온갖 종의 나무들이 햇빛 한 점을 놓고 싸우거나 거대한 전나무들과 균 포자들이 상호 이득을 위해 협력하는 동안 그들이 벌이는 음모와 드라마, 권력투쟁의 흔적을 읽을 수 있었고, 이곳 자연 속에서 펼쳐지는 시간을, 자연의 소용돌이 모양과 프랙탈 모양에 새겨진 역사를 볼 수 있었다"(60).

이렇게 지구의 역사를 고려하는 긴 시간의 관점은 올리버가 지구 온난화가 토착 수종에 미칠 영향을 예견하고 급격한 기후변화에 대비한 숲을 조성하는 프로젝트를 시작하게 한다. "메타세쿼이아, 자이언트세쿼이아, 해안삼나무, 호두나무, 느릅나무, 은행나무 등 5천 5백만 년 전 에오세 극열기에 이 지역 토착종이었던 고대의 수종으로 숲을 꾸미는"(60) 프로젝트이다. 신-에오세 Neo-Ecocene 프로젝트라고 이름 붙인 자신의 최신 예술작품을 올리버는 한 인간인 자신의 작업이 아니라 "시간과 장소의 공동 작업"이라고 말한다. 또한 "자신을 포함해 동시대인 그 누구도 살아서 그 성과를 보지 못하겠지만 그래도 괜찮다"(60)고 생각한다. 이러한 올리버의 지구중심적 관점은 '토착native'의 의미도 근본적으로 다시 생각하게 한다. 이종의 침입을 두려워하는 섬사람들은 현재 섬에 존재하는 것만 '토착종'이라고 생각하고 다른 종들의 진입을 막는다. 하지만 올리버는 빠르게 진행되는 기후변화를 염두에 두고, 선사시대부터 이 지역에 자생하던 종까지 '토착종' 범주에 포함시켜 되살려 내야 한다고 주장한다. 나아가 수천만 년 동안 지구 곳곳에서 여러 번 멸종 위기를 넘긴 은행나무 같은 수종을 들여와 기후변화에 적극적으로 대비해야 한다고 강조한다.

물론 긴 시간적 관점을 가지고 있고 또 오래 참을 줄 아는 생태예술가 올리버도 때로는 "무슨 의미가 있어? 내가 하려는 일을 아무도 이해 못하는데"(312)라며 절망에 빠진다. 그래서 더더욱 생태문제에 거의 관심이 없는 대형 유람선의 부유한 사람들을 대상으로 돌고래 강의를 하는 환경운동가 캘리의 노력이 중요하게 부각된다. 캘리는 "변화를 일으킬 자원을 가진 사람들에게 다가가 그들의 관심을 끌어내는 일"(116)이 매우 중요하다고 강조한다. 돌고래들의 복잡한 공동체와 사회적 행동들, 폭넓은 감정과 노래에 대한 강의를 듣고는 제2차 세계대전 당시 남은 폭탄으로 바다 돌고래들을 명중시키는 연습을 했다고, 그때 그것이 재미있었다고 어렵게 고백했던 나이 든 폭격기 조종사의 반성이 캘리의 귀에 그리고 독자의 귀에 오랫동안 남아 있기 때문이다. "우리가 뭘 알았겠어요?What did we know?"(117).

우리 대부분은 나오처럼 "닷컴버블도, 한심한 일본 경제도, 테러리즘도, 전쟁도, 지구온난화도, 생물종의 멸종도 내가 어찌할수 있는 게 아니잖아요"라고 말한다. 하지만 21세기의 기술과학이 야기하는 곤경을 다루면서 그러한 곤경을 직접적으로 통제할 힘을 가진 기업 대표나 정부 고위공직자 혹은 정치가나 군부의 지도자가 아닌 평범한 여중생 나오, 프로그래머 하루키2, 환경예술가 올리버, 소설가 루스 같은 개인들을 주인공으로 삼은 오제키는 바로 그 질문을 독자들에게 던진다. 21세기 현재 발생하고 있는 전 지구적인 기술과학적 곤경에 대면해서 "내가 어찌할 수 있는 것은 과연 무엇일까?" 그러한 질문에 대한 각 개인의 대답은 사뭇 다를 수 있다. 하지만 오제키는 그 출발점이 지코의 불교철학과 올리버의 생태철학이 똑같이 지향하는 탈인간중심주의적으로 생명 자체를 존중하는 윤리가 되어야 한다고 제안한다. 빅 맨스필드Victor N. Mansfield가 말하듯, "우리를 에워싸고 있는 세계와 다른 사람들과 우리가 맺고 있는 뿌리 깊은 상호의존의 실현은 자기중심성을 줄이고 모든 생명에 대한 관심을 늘릴 것이다. 내가 모든 사람과 사물을 규정하는 수많은 의존 관계들 가운데 하나의 교차점에 불과하다면, 어찌 그것의 요구에만 집중할 수 있겠는가?"[11]

"내가 너를 구할 수 있을까": 얽힘과 구원의 글쓰기

인간과 사물, 인간과 인간, 사물과 사물이 모두 "서로 연결된 존

---

11 빅 맨스필드, 《불교와 양자역학》, 이중표 옮김, 전남대학교출판부, 2014. 180쪽.

재"라고 보는 지코의 불교철학과 올리버의 생태철학은 공통적으로 이성중심적, 과학중심적, 인간중심적 휴머니즘이 야기하는 기술과학적, 생태적 곤경을 극복할 탈인간중심주의적 인간관과 윤리관을 제시한다. 이 소설의 흥미로운 점은 이러한 '서로 연결된 존재' 개념이 단지 소설 안에서 내용으로만 제시되는 것이 아니라, 소설의 형식과 다양한 내러티브 서술 전략으로도 구현된다는 사실이다. 재미있는 살상 무기를 만드는 데 일조한 컴퓨터 프로그래머의 심리적 고통, 쓰나미와 후쿠시마 원전 사태, 오염된 사이버공간과 오염된 지구, 닷컴버블과 경제위기들, 테러리즘과 전쟁, 지구온난화와 생물종의 멸종 등에 대면해서 "내가 어찌할 수 있는 것은 무엇일까"라는 질문에 대한 소설가 루스 오제키 자신의 답은 현재 자신이 사는 21세기 세계의 현실적인 문제에 대해 말하고 개입할 수 있는 허구 형식을 만드는 것이었다.

서론에서도 언급했듯이, 현실이 허구에 틈입하게 허용하는 서사 전략의 하나로, 오제키는 작가인 자신을 허구 안에 등장인물로 들어가게 허용한다. 등장인물 루스는 작가 루스 오제키처럼 일본계 미국작가로 현재 캐나다의 한 섬에 사는 여성작가이다. 작가 루스 오제키처럼 10년 동안 작품을 완성하지 못하는 작가적 곤경에 빠져 있다. 작가 루스 오제키처럼 일본인 어머니와 올리버라는 이름의 남편이 있다. 등장인물 루스는 작가 오제키보다는 좁은 관점을 가지고 있지만(예를 들어, 루스는 나오의 일기를 읽고서야 선불교에 대해 알게 된다), 허구라는 그릇에 틈을 내 생태 문제와 지구 오염에서 반자동무기에 사용되는 컴퓨터게임 인터페이스 문제와 사이버공간의 오염 문제에 이르기까지 작가가 현재의 현실에 직접 개입하여 반응할 수 있는 아주 효과적인 매개가 되고 있다.

인쇄본으로 읽으면서도 가능한 일이지만, 전자도서 형태로 이 소설을 읽으면서 소설에 나오는 수많은 사건과 관련된 자료를 바로바로 인터넷에서 찾아본 독자라면, 이 소설이 허구와 현실의 경계를 아주 흥미롭게 흐려 놓고 있음을 실감한다. 모이카 크레블Mojca Krevel처럼 전자도서 판본을 읽으면서 본문과 뒤의 부록들을 손쉽게 오고가는 경험도 이 소설을 여러 텍스트들이 링크로 연결된 하이퍼텍스트처럼 느끼게 한다.[12] 하지만 소설의 플롯 안에 자연스럽게 녹아 들어가 있는 많은 사건들, 예를 들면, 태평양에 형성된 거대한 쓰레기 지대, 아메리카 해안에 도착하고 있는 일본 쓰나미 쓰레기들, 쓰나미로 가족을 잃은 일본인들의 안타까운 가족 찾기 사이트, 후쿠시마 원전 사태에 대한 수많은 과학적 뉴스, 닷컴버블의 붕괴, 9·11 이후 아프가니스탄에 마치 인터넷 게임 장면처럼 화려하게 폭격하는 미군 비행기 영상들, 양자역학과 슈뢰딩거의 고양이, 다세계 이론과 양자컴퓨팅 개발 등에 대한 객관적인 정보를 제공하는 수많은 자료들을 바로바로 인터넷에서 검색하면서 읽다 보면, 허구와 현실의 경계는 마법처럼 흐려진다.

---

12 Mojca Krevel, "Time Being on Time: A Postmodern Tale," *British and American Studies* 22, 2016, p.48.

하지만 이 소설의 서사 형식과 전략들이 목적하는 바가 단지 현실 문제에 대한 객관적인 소개나 해설은 아니다. 이 소설은 일본 도쿄의 여중생 나오의 1인칭 일기와 나오의 일기를 우연히 캐나다 해변에서 발견하고 나오가 쓴 속도대로 천천히 일기를 읽고 있는 여성 소설가 루스에 대한 3인칭 서사가 번갈아 교차되는 방식으로 전개된다. 루스의 현재 세계에서 보면 과거 10여 년 전 일본에서 기록된 나오의 일기는 당연히 우연한 미래의 독자인 루스에 대한 고려 없이 독립적으로 작성된 글이다. 하지만 나오는 처음부터 끝까지 지속적으로 자신의 일기를 읽을 미래의 미지의 독자를 소환한다. 그/그녀에 대해 궁금해 하고, 그/그녀를 불러내며, 그/그녀에게 자신의 의도를 설명하고, 그/그녀에게 자신의 글이 어떻게 읽힐지 궁금해 한다. 나오의 세계와 나오의 글을 중심으로 보면, 10년 후 미래에 나오의 일기를 읽고 있는 루스는 나오가 자신의 글을 통해 소환한, 혹은 존재하게 한 독자다. 반면, 나오의 일기를 우연히 읽게 된 루스 역시 과거의 나오를 지속적으로 자신의 현재에 소환한다. 나오가 쓴 내용에 매일매일 반응하고, 인터넷 검색을 통해 나오와 관련된 자료를 찾고, 나오의 상황을 염려한다. 그래서 이 소설은 한편으로는 과거의 시간 속에 살았던 나오와 현재 시간 속에 사는 루스가 시간적, 공간적 거리를 가로지르는 대화처럼 구성되어 있다. 동시에 다른 한편으로는, 현재 나오의 일기를 읽어 가면서 나오의 일기에 나오는 낯선 일본말이나 일본 문화에 대해 해설하는 각주를 붙이고 나오의 이야기와 상호작용하면서 자기 자신의 서사를 쓰고 있는 루스의 통합된 서사이기도 하다. 다시 말하자면, 나오의 글과 루스의 글이 대화처럼 구성되어 있으면서도, 루스의 통합적인 관점에 의해 나오의 서사와 루스의 서사가 하나의 서사로 매끄럽게 통합된 듯 느껴진다는 의미다. 동시에 독자에게는 혼란스럽게도 3인칭 루스의 서사에 루스 자신이 나중에 붙여 놓은 듯한 각주들도 등장한다. 예를 들어, 올리버가 부정확하게 언급한 다세계에 대한 논문의 저자를 각주를 통해 다시 밝혀 주기도 하고, 더 자세한 설명은 뒤의 부록을 참조하라고도 말해 준다. 이러한 복합적인 서사 전략 때문에 독자는 나오의 서사와 루스의 서사가 분리되어 있으면서도 연결되어 있는 듯한 느낌을 받으며, 또한 나오의 서사와 루스의 서사 둘 다를 편집하는 등장인물 루스와 실제 저자 루스 오제키가 교묘하게 겹쳐 있는 듯하면서도 분리되어 있는 듯한 느낌도 받는다. 3인칭 서사의 등장인물인 루스, 나오의 일기를 읽고 각주를 붙여 놓는 루스, 루스의 서사에 각주를 붙여 놓은 루스, 나오의 1인칭 일기와 루스의 3인칭 서사에서 각주들과 부록들과 참고문헌과 감사의 인사까지 모두 창조하고 모아 놓은 실제 작가 루스 오제키의 경계들이 사뭇 모호해지는 구성이다. 두 등장인물인 나오와 루스, 등장인물이며 편집자인 루스, 실제 저자이며 편집자인 루스 오제키 사이에서 벌어지는 이러한 복잡한 상호얽힘은 이 소설을 하나의 전지적 저자 목소리로 통제되는 이야기가 아니라 일종의 "공동-서술co-narration"로 구성된 서사라고 느껴지게 한다. 말로 스타Marlo Starr가 지적하듯이, 이러한 "공동-서술은 '서로 얽혀 있는 존재'라는 불교의 전제를 명시적으로 수행"하며, "독립적인 자아보다는 상호의존적이고 집단적인 정체성을 강조한다."[13] 지코와 나오가 즐겨 쓰는 이미지를 사용해 보면, 나오와 루스, 나오의 서사와 루스의 서사는 하나이면서 둘이고 다르면서도 같은 파도들인 셈이다.

하지만 나오와 루스의 파도-되기 서사는 단지 철학적 개념을 형상화하는 도구가 아니다. 오제키는 나오의 삶과 루스의 삶이 마치 루스의 현재에 동시적으로 일어나는 듯한 착각을 독자에게 그리고 루스 자신에게 주기 위해 다양한 서사 전략을 사용한다. 예를 들면, 루스는 나오의 글을 아주 천천히 나오가 글을 쓴 속도에 맞추어 읽어 가기로 결정하는데, 소설이 거의 끝나갈 무렵 일기장의 내용에서 나오가 가장 위기에 빠진 순간에 그리고 나오의 일기 쓰기가 나오의 현재 순간에 도달했을 때, 루스는 나오의 일기장에서 나오의 글이 사라지는 마법과 같은 일을 경험한다. 나아가 루스는 꿈에서 자신이 나오의 삶에 직접 개입한 후 그 결과가 현재 루스가 보고 있는 나오의 일기장에 적혀 있는 이해할 수 없는 상황도 겪는다. 이렇게 사실주의적 기본 틀에 군열을 내는 마술적 요소들, 현재의 개입이 현재뿐 아니라 과거도 변화시킬 수 있다고 느껴지게 하는 서술 전략은 독자들을 혼란스럽게 하기도 하고 또 궁금하게 만들기도 한다. 올리버는 이러한 현상을 양자역

---

13 Marlo Starr. "Beyond Machine Dreams: Zen, Cyber-, and Transnational Feminism in Ruth Ozeki's *A Tale for The Time Being.*" *Meridians: Feminism, race, transnationalism* 13. 2, 2016, p.114.

학의 "다세계 이론"으로 설명할 수 있을지 모른다고 암시하지만, 중요한 것은 이러한 허구적 재현이 "다세계 이론"과 어떤 관계가 있는가가 아니라 독자에게 주는 효과이다. 루스의 여러 꿈들, 즉 지코의 안경을 쓰는 꿈, 하루키2에게 나오의 사랑을 전해 주는 꿈, 나오에게 하루키1의 일기를 전달해 주는 꿈 등은 나오를 구하는 일이 루스 자신에게 얼마나 "긴급한 문제ᵃ matter of some urgency"(312) 인지를 보여 주는 꿈들이다. 스탠퍼드 대학의 론 교수에게 하루키 야수타니와 그의 딸 나오가 염려가 된다고, 나오와 그녀의 아버지가 곤경에 빠진 것 같아 도와주고 싶다는 메일을 보냈다는 말은 들은 남편 올리버는 루스를 이상한 눈으로 바라보며 묻는다.

"긴급한 문제라고 그 사람에게 그렇게 말했다고?"
"물론이지. 아이가 자살 충동을 느끼잖아. 그 애 아버지도 마찬가지고. 이 일기 전체가 구조 요청이나 다름없잖아. 그래 맞아. 긴급함. 그 상황에 대해 그렇게 묘사했어."(313)

올리버가 올바르게 지적하듯, "산수를 해 보면, 닷컴버블이 터진 건 2000년 3월, 나오가 일기를 쓰기 시작한 것은 지금부터 10년도 더 전인 열여섯 살 때, 더욱이 일기가 최소한 몇 년은 바다에 떠다녔으니 일기를 쓰던 10여 년 전에 나오가 이미 죽지 않았다면 지금은 20대 후반일 것"(313)이기 때문이다. 어떤 경우든 나오의 일기에 등장하는 "긴급한" 상황은 당연히 루스의 현재에 일어나는 일은 아니다. 하지만 루스는 올리버의 산수 계산을 인정하면서도, 이성적으로는 나오의 일기가 10여 년 전 과거의 상황임을 인정하면서도, 자살 충동을 느끼는 나오의 상황이 여전히 걱정된다. 나오를 구해 주고 싶다는 열망에 여전히 사로잡힌다. 2016년에 출간된 한국어 번역본의 제목 "내가 너를 구할 수 있을까"는 루스의 이러한 열망을 잘 포착하고 있는 셈이다. 공간을 넘고 시간을 넘어서 "너를 구하고 싶다"는 루스의 열망은 루스가 꿈에서 나오와 그녀 아버지의 삶에 개입하여 두 사람 모두를 구하게 하는 힘이며, 결과적으로는 나오를 구하면서 루스 자기 자신을 구하는 힘이 된다. 나오에 대한 루스의 염려와 관심이 10년 동안 빠져 있던 자신의 작가적 슬럼프에서 벗어나게 하는 힘이 되기 때문이다.

나오와 루스, 작가와 독자, 등장인물과 작가, 허구와 현실의 얽힘을 형식적으로 구현한 이 소설의 서사적 전략들은 만물이 "서로 얽혀 있는 존재"임을 공통적으로 강조하는 선불교와 생태철학 둘 다를 효과적으로 담아내고 있다. 일본의 나오와 아메리카의 루스의 세계를 시간과 거리를 둔 별개의 세계인 듯 교차시키면서도 동시에 나오와 루스의 세계가 동시에 루스의 현재를 구성하고 있는 듯 느껴지게 하는 서술 전략은 작가와 독자, 과거와 현재, 동양과 서양, 나와 타자 등이 이분법적으로 분리되어 있는 것이 아니라 파도처럼 분리되어 있으면서 동시에 연결되어 있음을 형식적으로 구현한다. 서로의 관계망 속에서 영향을 주고받는 존재들인 시간 존재들을 구원하는 것이 기술과학과 이성이 아니라 타자의 고통과 생명을 구하려는 "긴급한" 염려라고 느끼게 해 준다.

나가며

트랜스휴머니스트들은 합리적 이성에 근거한 과학기술의 발전이 인간을 구원할 것이라고 믿으며 첨단 과학기술의 도움으로 생물학적 몸의 한계를 향상시킨 '트랜스휴먼'과 생물학적 몸의 한계를 완전히 극복한 '포스트휴먼'14을 꿈꾼다. 하지만 첨단 과학기술의 도움으로 인간의 능력이 향상된다고 해서, 과거 수천 년 동안 인간들이 보여 주었던 잔인함과 폭력성이 저절로 사라지지는 않을 것이다. 도쿄의 전자상가 아키바에서 "메뚜기가 사마귀의 눈을 바스러뜨리고 날개를 바수어 죽이고, 노랑전갈이 사슴벌레를 공중으로 내동댕이치고 독침을 쏘아 죽이는"(291) 끔찍한 곤충들의 격투기 장면을 보면서 나오는 끔찍하게 상대를 죽이는 곤충들보다 더 끔찍한 것은 "그러한 장면을 보면서 즐거워하는 사람들, 잔혹하게 곤충들이 서로 죽이는 장면을 보면서 재미있어하는 사람들"(291)이라고 말한다. 이성과 과학이 유보 없이 인간의 진보를 가져오리라는 근대 휴머니즘의 낙관적 믿음에 대한 반성이 없다면, 역사적으로 전례가 없는 최첨단 기술과학의 발전에도 불구하

14　트랜스휴머니스트들이 말하는 '포스트휴먼'과 포스트휴머니스트들이 말하는 '포스트휴먼'은 다른 개념이다. 트랜스휴머니스트들이 꿈꾸는 '포스트휴먼'은 인간의 생물학적인 몸의 한계를 완전히 극복한 존재를 의미한다면, 포스트휴머니스트들이 의미하는 '포스트휴먼'은 단순히 트랜스휴머니스트들이 꿈꾸는 기술에 의해 매개된 몸을 가진 존재만을 지칭하기보다는 기존의 '인간' 개념, 즉 휴머니즘에서 이상적으로 간주되던 '인간Man' 개념이나 인간 종으로서의 '인간Human' 개념이 담아낼 수 없는 인간 존재까지도 포함하는 개념이다.

고 대문자 '인간^{Man}'을 중심으로 인간 타자들과 비인간 타자들을 위계적으로 차별하고 착취했던 근대 휴머니즘적 곤경이 반복될 것임은 분명하다.

이러한 관점에서 보면, 21세기에 사는 우리의 현재가 당면하고 있는 다양한 기술과학적 곤경을 구체적으로 세세히 다루면서도 그에 대한 대응을 더 발전된 기술과학에서가 아니라 선불교와 생태철학이 제시하는 탈인간중심주의적 인간관에서 찾고 있는 루스 오제키의 《시간 존재를 위한 이야기》는 그 핵심에서 포스트-휴머니즘적이다. 한편으로는 인간을 모든 다른 생명체와 사물에 우선하는 예외적이고 우월한 존재로 보는 서양의 근대 휴머니즘에 대한 비판이 동양의 오래된 불교에서 끌어낸 비非이분법적 존재 개념을 통해 제기되고, 다른 한편으로는 인간이나 인간의 문화가 아닌 지구의 지질학적 시간 관점에서 지구의 환경을 숙고하는 지구중심적 관점이 도입되고 있다. 또 다른 한편으로는 현실에는 기술적으로 이미 적용되고 있지만 그것이 제시하는 세계관과 시간관은 여전히 수수께끼로 여겨지는 양자물리학의 물질관, 세계관, 시간관이 서사 전략에 실험적으로 도입되고 있다. 다른 말로 하면, 현대의 작가가 현재 우리 주변에서 발생하는 기술과학적 곤경과 비인간적 폭력과 전 지구적 생태를 섬세하게 관찰하고 진지하게 반응하고자 한다면, 그/그녀의 글쓰기는 그것의 장르가 공상과학소설이든 본격소설이든, 판타지적 텍스트이든 사실주의적 텍스트이든, 근대 휴머니즘적 인간관을 넘어서서 인간과 비인간, 인간과 지구행성, 자연과 문화의 관계를 근본에서부터 재고하는 작업이 될 수밖에 없다는 것을 이 소설은 잘 보여 주고 있다.

같은 맥락에서, '인간이 과연 무엇인지' 혹은 '인간과 비인간의 관계는 무엇인가'와 같은 문제를 다시 생각하고 다시 정의하는 저자의 내러티브와 서사적 실험을 자극한 것이 단지 지적이고 철학적인 관심이 아니라 우리 시대의 곤경이 야기하는 고통에 대한 예민한 반응이라는 점도 중요하다. 후쿠시마 원전 사태, 자살테러, 컴퓨터게임과 반자동 전쟁무기에 공통으로 사용되는 인간-기계 인터페이스, 오염되는 지구와 사이버공간 등 거대한 사회적 고통들이 10대 소녀 나오의 사적인 삶에 징후처럼 드러나고, 이 고통받는 아이를 도와야한다는 어른 루스의 절박하고 긴급한 마음이 궁극적으로는 이 소설의 플롯을 끌어가는 핵심 동력이다. 그런 의미에서 한국어판 제목인 "내가 너를 구할 수 있을까"는 다양한 맥락에서 다양한 의미로 읽힐 수 있다. 어른 루스는 아이 나오를 구할 수 있을까. 독자 루스는 일기작가 나오를 구할 수 있을까. 평범한 일반인인 나는 생태적 위기에 빠진 지구를, 역사적으로 전례 없는 첨단의 기술과학적 발전에도 불구하고 바로 그러한 발전이 야기하는 곤경으로 고통받는 우리 시대를 구할 수 있을까.

참고문헌

빅 맨스필드, 《불교와 양자역학》, 이중표 옮김, 전남대학교출판부, 2014.

루스 오제키, 《내가 너를 구할 수 있을까》, 민은영 옮김, 엘리, 2016.

신상규, 《호모 사피엔스의 미래: 포스트휴먼과 트랜스휴머니즘》, 아카넷, 2014.

변지민, 〈쓰나미 쓰레기섬, 미국 덮칠까? 3년 전 예언 그대로…〉, 《과학 동아》 2014년 3월호. Web. Accessed 28 Jan 2017. 〈http://science. dongascience.com/index/print?acIdx=12969〉

Dowling, Brendan. "The Shores of My Imagination: A Conversation with Ruth Ozeki." 8 January 2014. Web. Accessed 25 Dec. 2016.

Grassi, Laurie. "Must-read book alert! Ruth Ozeki nominated for Man Booker Prize." *Chatelaine Magazine*. 11 September 2013. Web. Accessed 25 Dec. 2016.

Krevel, Mojca. "Time Being on Time: A Postmodern Tale." *British and American Studies* 22 (2016): 41-48.

More, Max. "Transhumanism: Towards a Futurist Philosophy." 1990, 1996. Web, Accessed 25 Dec. 2016. 〈https://www.scribd.com/ doc/257580713/Transhumanism-Toward-a-Futurist-Philosophy〉

Ozeki, Ruth. *A Tale for The Time Being*. Penguin Books, 2013.

Palumbo-Liu, David. "Where We Are for the Time Being with Ruth Ozeki." *Losageles Review of Books*, 16 Sep. 2014. Web. 〈http:// lareviewofooks.org/interview/time-ruth-ozeki〉

Starr, Marlo. "Beyond Machine Dreams: Zen, Cyber-, and Transnational Feminism in Ruth Ozeki's *A Tale for the Time Being*." *Meridians: Feminism, race, transnationalism* 13.2 (2016): 99-122.

Turkle, Sherry. *Alone Together*. Basic Books, 2011.

초연결시대 타자와 이질성

2021년 5월 31일 초판 1쇄 발행

지은이 | 김예리 유강하 이경란 이민용 정주아 홍단비
펴낸이 | 노경인 · 김주영

펴낸곳 | 도서출판 앨피
출판등록 | 2004년 11월 23일 제2011-000087호
주소 | 우)07275 서울시 영등포구 영등포로 5길 19(37-1 동아프라임밸리) 1202-1호
전화 | 02-336-2776   팩스 | 0505-115-0525
전자우편 | lpbook12@naver.com

ISBN 979-11-90901-33-8 93800